青薔薇アンティークの小公女４

道草家守

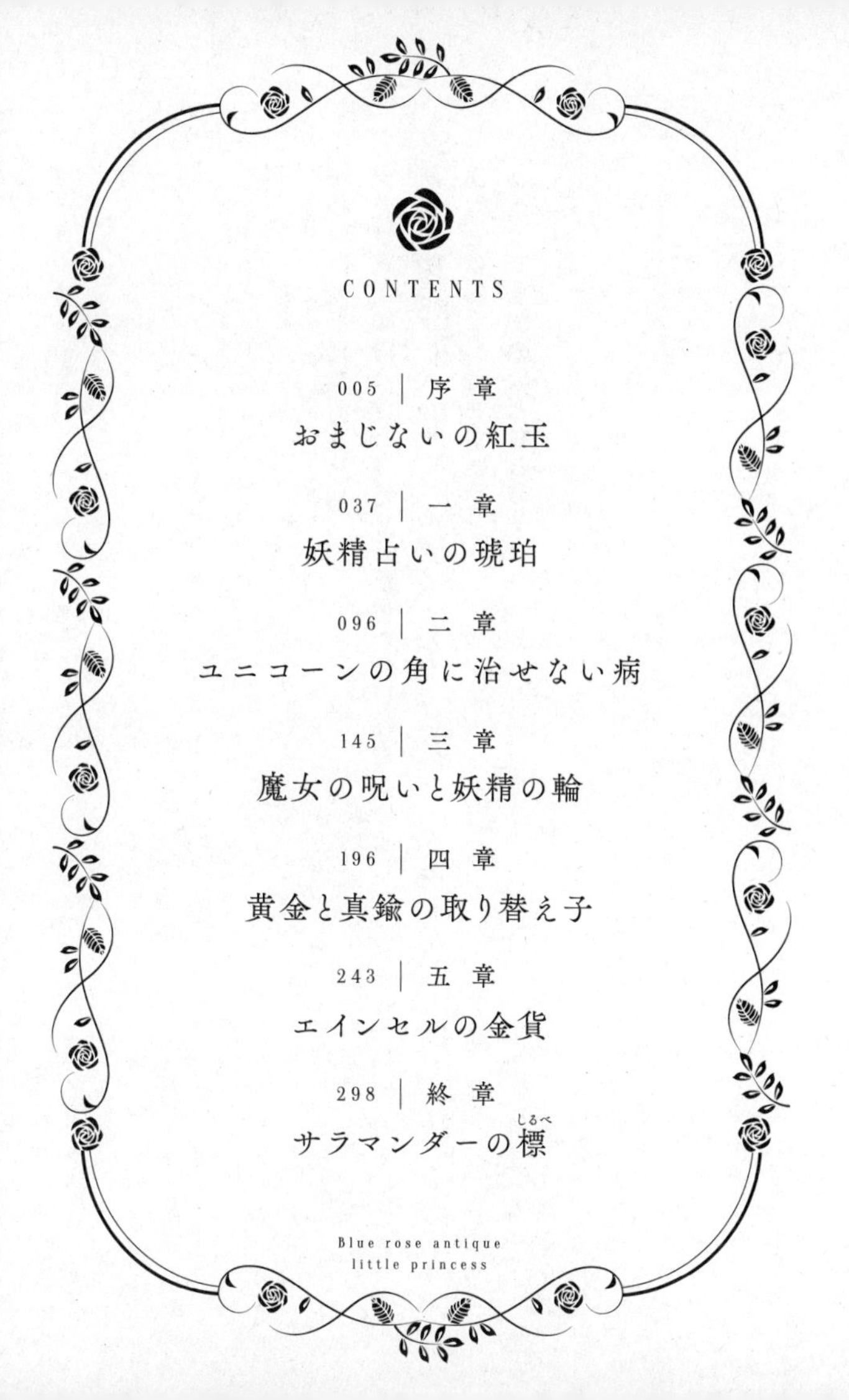

CONTENTS

005 | 序章
おまじないの紅玉

037 | 一章
妖精占いの琥珀

096 | 二章
ユニコーンの角に治せない病

145 | 三章
魔女の呪いと妖精の輪

196 | 四章
黄金と真鍮の取り替え子

243 | 五章
エインセルの金貨

298 | 終章
サラマンダーの標(しるべ)

Blue rose antique
little princess

かわいい金と真鍮の男の子
夕焼け黄金に紛れたら　見分けが付かない仲良しこよし
妖精の輪っかに入ったら　仲良くふたりで消えちゃった
あなたは私　私はあなた
かえってきたのはどちらの子？

序章　おまじないの紅玉

聖誕祭が過ぎると、エルギスの冬は静かな夜の気配が色濃くなる。

夕暮れは短く、朝も朝食が終わる頃にようやく明るくなるほど日が遅い。

太陽の日差しが恋しくなる季節だ。

芽吹きの春まで、人々は頬が切れてしまいそうな寒さをそれぞれの形でしのいでいく。

首都ルーフェンは昨夜雪が降り、ノッティングチャーチストリートに建ち並ぶ家々の手すりや屋根は真っ白になっていた。

道路には馬車が通ったために黒ずんだぬかるみの轍（わだち）が刻まれており、歩道にはそろりそろりと雪に足跡を付けて歩いて行く人々がいる。

まだ明るくなったばかりでも、ルーフェンの街はすでに起き出していた。

くたびれ、擦り切れたコートを体に巻き付けるように着込む労働者階級（ワーキングクラス）の男が雪かきに勤（いそ）しんでいる。その横をおろしたてだろう上等なウールのコートを纏（まと）った中上流階級（アッパーミドルクラス）の紳士が、トップハットを押さえながら通り過ぎた。馬車を操る御者はぶるりと震えながら、慎重に鞭（むち）を使う。

この街では異なる階級の人々が、同じ場所で生活しているのだ。

そんな光景を深い青の両開き扉から出てきたローザは、見るともなしに眺めた。

ローザの頭上には、「青薔薇骨董店（ブルーローズアンティーク）」と書かれた瀟洒（しょうしゃ）な鉄細工の看板がある。

吐く息の白さに驚きながらも、ローザは当初の目的を思い出し、手袋を塡（は）めた手で箒（ほうき）をかまえた。

大まかな雪かきは、テラスハウスの住人であるセオドアが出勤前にすませてくれた。しかし、店まわりはお客様を迎えるには黒ずんだ雪が目立つ。開店前にその掃除をしようと思ったのだった。

店の前の掃除は、青薔薇骨董店の従業員であるローザの日課でもある。

「女性のお客様が多いですから、ドレスが濡（ぬ）れて汚れてしまっては大変ですからね」

ルーフェンはあまり雪は降らないのだが、この連日降った雪が積もっていたのだった。

ローザは慣れた手つきでさっさと雪を掃いていく。

裾はスカートに仕込んだクリップでたくし上げてあるから、濡れることはない。

動いていると、頰が熱を持って来るのがわかる。じんわりと体も温まってきた。

癖のある黒髪はすでに客の前に出ても大丈夫なようまとめてある。

毛糸で編まれた手袋は聖誕祭に掃除婦であるクレアがくれたプレゼントだ。

こっくりとした深い赤みがかった茶色のコートはウール製で、熱を逃がさない暖かなものである。ブーツだって、穴が開きそうなほどぼろぼろなものではない。

雪が降っても、寒さに怯え、燃料の心配をしなくて良いのだ。

胸に切なさを感じたローザは、青い瞳を細めた。まとめた黒髪の後れ毛が揺れる。

「お母さんに、暖かい思いをさせてあげたかったなぁ」

母が体調を崩す前も、このように寒い日が続いた。

大丈夫、と言う母に強くは出られずに、すきま風の入り込むアパートでローザは母と身を寄せ合って寒さをしのいだ。

母が亡くなってから、もうすぐ一年が経つ。

ああすれば良かったと、悔やむことはまだある。

つん、とこみ上げてくる涙を、ローザはじっとこらえる。

代わりに胸元から取り出したのは、母の形見であるサラマンダーの彫金がされたロケットだ。蓋を開け、中の鏡──そこに見えずとも刻まれている両親の肖像へ向けて呟く。

「大丈夫です。わたしは今幸せですから」

悲しみは胸にあるけれど、自然と微笑むことができるのだ。

ローザ──ロザリンド・エブリンは、去年の春先に唯一の肉親である母ソフィアを亡くした。

まもなく勤め先まで解雇されて、労働者階級だったローザは明日の食事に困るほど困窮した。一時期は、春を売らねばならないかと覚悟したほど。

けれど銀の貴公子然とした青年アルヴィンに拾われ、青薔薇骨董店で働くようになったことで、背筋を伸ばせる自信を得られた。

多くの温かさを得て、母の深い愛に気づかせてもらった。

自分がいたいと思える場所に出会えた。

だから、母がいないことは悲しいけれど、前を向いていられる。

――ほんの少し生まれたインク染みのような不安は、きっと贅沢な悩みだ。

青い扉に下げたプレートを「開店」にひっくり返し店内に戻ったローザは、ほっと息を吐く。

肌に熱が伝わっていくときの、しびれのような感覚がなんとも言えず気持ちが良い。

暖炉で石炭が赤々と燃やされる店内は、外よりもずっと暖かい。

ただ煤で骨董品が汚れやすく、寒暖差で結露してしまう可能性もある。暖炉を使っている間は、商品にも注意深い手入れが必要だった。

一旦箒を立てかけたローザは毛糸の手袋を脱ぎつつ、今日はどれから手入れをしようかと考える。すると店の奥から出てきた青年に、ローザは一瞬だけ硬直する。

銀色の髪は男性としては長く新雪のように柔らかい艶があり、まとめられて肩口から流れている。一つ一つのパーツが神が丹精を込めたように整っていて、一見女性的にも感じられるだろう。それでも上背や首筋には男らしさがあり、妖精のように現実みのない彼の美貌に艶をもたらしていた。

この青薔薇骨董店の店主である、アルヴィンだ。

客から妖精のように美しいと「妖精店主（フェアリーマスター）」とも呼ばれることが多い。そんな彼は妖精学者（フェアリースコラー）と自称する通り、妖精にまつわる事柄に対してだけ、強い興味を示していた。

——今までは。

アルヴィンのけぶるようなまつげに縁取られた銀灰色の瞳が、ローザを映したとたん柔らかく笑んだ。

「ローザ、頰も耳も真っ赤だね。外は寒かったようだ」

ローザの胸がかすかに騒ぐ。じんわりと耳が熱を持つのを感じながら答えた。

「は、はい。雪がまだ残っておりましたので」

なんとなく手持ちぶさたで、置いてあった箒を持ち直していると、アルヴィンが近づいてくる。

「君は暖炉の前で温まるといいよ」

「では、道具を片付けたら……あっ」

言いかけたローザの手から当たり前のように箒を攫ったアルヴィンは、赤くなっている指を握ったのだ。

「やはり手も冷たいね」

「アルヴィンさん⁉」

アルヴィンの手の熱が自分の手に移ってきてローザは狼狽える。

ローザの反応に不思議そうにしていた彼は、握った手を見て思い至ったようだ。

「ごめんね、君の了承を得ずに触れてしまった。けれどあまりにも冷たそうだったから、これ、痛くないかな？」

「大丈夫ですが……」

「なら、コートと手袋も預かるね」

「いえ！　そこまでしていただかなくても」

「君が掃除をしてくれたのだから、道具の片付けを引き受けてもおかしくないだろう？」

ローザが釈然としないながらも、取り返すのも大げさな気がして諦めてコートも脱ぐと、手袋と合わせてアルヴィンにさっと回収される。

アルヴィンは、ローザの今日の装いに目を細めた。

「今日はオレンジのドレスなんだね。明るい色合いが君によく似合う」

思わずローザは顔を赤らめる。

杏の果実のような赤みがかった黄色と赤のチェック柄のジャケットは、いつも世話になっている仕立屋ハベトロットの新作だ。そこに晴れた空のような空色のアンダースカートを合わせている。

「このところ曇り空ばかりですので、少しでもお客様が明るく温かい気持ちになってくだされぱと合わせてみました」

「ふむ、ドレスを見て明るい気持ちになるのかは、僕にはわからないな。けれど君が太陽と晴れた空に見立ててドレスを選んだ、ということなら成功していると思うよ」

アルヴィンらしい感想で、ローザはくすりとした。

すると彼は安心したようにかすかに表情を緩める。

「マグカップに紅茶を用意してあるから飲むといいよ。今日も例のお客さんが多いだろうから、英気をやしなっておいて」

そう言い置いてアルヴィンは、バックヤードに戻っていく。

取り残されたローザは暖炉の側、テーブルの上にあるマグカップを手に取った。

すでにミルクが注がれているそれは、口をつけると優しい温かさだ。

ティーカップではなく、縁が厚手のマグカップなのは紅茶が冷めにくいようにだろう。

指先にじんわりと熱が移っていくのを感じながら、やはり気のせいではないかもしれないとローザは眉尻を下げた。

「アルヴィンさんが、とっても世話焼きになりました」

具体的には、聖誕祭が終わってからだ。

今までローザを見守るという雰囲気だったのが、少しずつローザに対して「なにか」をするようになった。

外から帰って来れば、コートを預かってくれるのは序の口だ。紅茶を振る舞うときにはローザの好み通りにしてくれるし、ローザがおいしいと思ったクッキーを多めに用意する。なにもなくても、日常のさりげないところでローザの姿を探しに来る。

そんな風にローザを見つめるまなざしに、今までと違うなにかがある気がしてしまう。

「元々人をよく見ていらっしゃる方ですが、とても積極的で……心臓が、持ちません」

片手を胸に当てると、とくとくとまだ鼓動が速く、ローザは思わずため息をこぼした。

ローザの心に徐々に育ち、宿った想(おも)いのせいももちろんある。

ただ同時に、彼の無自覚だろう親切や好意を素直に受け取れない迷いがあった。

ローザがマグカップの紅茶で暖を取っていると、スズランのドアベルが鳴る。

来客だ。入ってきたのは、若い女性の二人組だった。

どちらもヴィジットと呼ばれる袖が優雅に広がるコートを着ており、裾からは一人は赤いスカート、もう一人は緑色のスカートが見えていた。

二人とも年齢は十八歳になるローザと同じか、少し高い程度だろう。どちらもドレスのシルエットはバッスルだったが、膨らみが控えめだ。

ミシェルから聞いた話では、スカートのボリュームを抑え気味にすることが流行りつつあるらしい。彼女達はかなり流行に敏感なのだろう。

考えつつ、ローザは店内を見回している二人に挨拶をしようと立ち上がる。

と、バックヤードからアルヴィンが戻って来た。

彼女達の顔がぱっと明るくなり、頬が赤く染まる。

「お客さんか。なにかあったら声をかけてね」

客に気づいたアルヴィンの言葉に、顔を見合わせた二人は、好奇心いっぱいに奥へと進んできた。

「あの、妖精店主さんですよね！　わたくし達、ルビーの宝飾品を探しておりますの」

またか、とローザは思わず苦笑いをしてしまった。

アルヴィンも同じように感じただろうが、さすがにおくびにも出さず、いつもの朗らかな微笑で応じた。

「ルビーか。取り扱ってはいるけれど、宝飾品店に行ったほうが多くの商品から選べるのではないかな？」

疑問の言葉に、赤いスカートの客が前のめりで否定してくる。

「いいえ、なるべく古いものがいいのよ。妖精女王のまじない師様がおっしゃっていたわ!」

緑のスカートの客も興奮した様子で言った。

「まじない師様に教わったのだけれど、赤い貴石は妖精女王にまつわる品らしいの。妖精公爵様が赤い貴石を買い求めていらっしゃるのも、もしかしたら妖精女王に献上するためかもしれないってみなさんおっしゃっているわ。なら私達がもし先に見つけたら、幸運になるだけではなく、妖精公爵様とお近づきになれるかも!」

緑のスカートの客と顔を見合わせた赤のスカートの客は、アルヴィンに訴える。

「ねえこちらは、妖精にまつわる品を取り扱っているのでしょう? 妖精にまつわるようなルビーはないかしら?」

想像した通りだったと、ローザは熱心にアルヴィンへ訴える彼女達を見守った。

どうやら最近、「妖精女王のまじない師」という占い師が上流階級(アッパークラス)を中心に人気なようだ。その占い師が「赤い貴石を持っていると幸運が舞い込む」と広めたのだ。

同時期に、妖精公爵が赤い貴石を好んで集めているらしいという噂(うわさ)まで流れた。

妖精公爵は建国由来の歌にも登場する、女王陛下の次に有名な貴族だ。ルーフェンっ子であれば誰もが知る、最も妖精に近しい高貴な方まで執心する貴石なら信憑性(しんぴょうせい)がある
――……

そのように考えた人々が、赤い貴石――特にルビーを求めてここのところ青薔薇骨董店

を賑わせていたのだった。

　店内にはいつも通り、安らかに眠る妖精のブロンズ像や水仙の絵付けがされた花瓶など、花と妖精にまつわる品を並べている。

最近はその中に陳列ケースを追加し、宝飾品の取り扱いを増やしていた。

アルヴィンは陳列ケースへと二人の客を導いた。

「君達が望むものがあるかはわからないけれど、今あるのはこのようなところだよ」

ローザはアルヴィンが接客してくれている間に、マグカップを片付けてしまおうとバックヤードへ向かう。

　おまじないのルビーを探す客は長居する傾向がある。

探すこと自体が娯楽だからだ。

目的のルビーがなくとも、アルヴィンから妖精の話を聞きたがり、「妖精女王のまじない師」から聞いたという話を披露し、真偽を確かめようとする。

ならばと、ローザが来客用のお茶を用意して戻ると、案の定アルヴィンと二人の客は暖炉近くの応接スペースに移動していた。

　女性客達はコートを脱いでおり、ビロード張りのトレイに並べられた宝飾品を囲んで話し込んでいる。

「あら、分けられているのも赤い宝石なのね。色が鮮やかだしこちらにしようかしら！」

赤い大粒の宝石が嵌(は)まったネックレスを手に取る緑のスカートの女性に、アルヴィンはああ、と答える。

「そちらの宝石はスピネルだね。ルビーよりも鮮明で純粋な赤が特徴だよ」

「まあルビーではないのね……こんなに綺麗(きれい)なのに」

「けれど古来、ルビーとスピネルの違いは曖昧だったんだよ」

一気に気落ちした女性達だったが、アルヴィンのこの言葉に興味を惹(ひ)かれたようだ。

その反応に応えてアルヴィンは話し出す。

「以前の宝石の区分では、鉱物学的な観点よりも色合いが重視されていたんだ。ルビー、スピネル、他にも赤い貴石としてガーネットを含めて『ルーバイン』と呼んでいた。赤みの美しさから、スピネルもまたルビーとして扱われたこともあるんだよ」

「では妖精女王にまつわるルビーは、もしかしたらスピネルかもしれないのね」

「そうだよ。女王陛下の宝冠も、使われているのはルビーではなくスピネルの可能性があると言われている」

緑のスカートの女性は、スピネルの色合いが気に入ったようだが迷いもあるようだ。

アルヴィンは流れるように続けた。

「ルビーは持っていると、心の平和や知能の向上が得られると伝承されている。粉末にして飲むと、あらゆる病が治ると信じていた国もあったくらいだ。色合いも深みのある赤が好まれた。けれど君が感じた通り、ルビーもスピネルも貴石の美しさとしては変わらないと、僕は思うよ」

大いに心を動かされた緑のスカートの女性は、真剣に悩み出す。

妖精だけではない、アルヴィンの広く深い知識にはいつも驚かされる。

ローザも密かに感心しながら、客二人とアルヴィンの前にお茶を淹れたティーカップを置く。

すると釈然としない顔をしていた赤のスカートの女性が、ふとローザに視線を移した。

「あら、あなたのペンダント、ルビーが使われているの？」

声をかけられて、ローザは母の形見のロケットをしまい忘れたことに気づいた。

胸元には表面に彫金されたサラマンダーの瞳に嵌まるルビーの赤が、暖炉の火で煌めき主張している。

ロケットを観察した赤いスカートの女性は、期待の表情でローザを見上げた。

「いいわね、素敵だわ、そちらを譲ってくださらない？」

「申し訳ございません、こちらは売り物ではございませんので……」

ローザはやんわりと断ろうとしたが、女性は立ち上がってローザに迫る。

「いくらなら良いかしら。とっても気に入ったの！　表面はトカゲではなくサラマンダーでしょう？　はっきりと妖精にまつわる品だとわかるのも良いわ。さすがこの骨董店の店員ね。ねえ、中はどうなっているのかしら」

　彼女の身なりはとても裕福だ。立ち振る舞いもそれなりのため、おそらく今まで断られても金銭で解決してこられたのだろう。

　友人の振る舞いに慣れているのか、緑のスカートの女性も困った顔はするが止めようとはしない。

　ローザがその押しの強さにたじたじになっている間に、赤いスカートの女性はさっとローザの胸元に手を伸ばす。

　そしてロケットを手に取り勝手に開けた。

「あら、中は鏡なの。不思議ね」

「お客様……！」

　さすがにローザが身を引こうとすると、それより早くロケットを持つ女性の手を大きな手が覆った。

　いつの間にかローザと女性の間に立っていたアルヴィンは、女性に微笑を向けた。

「これは、彼女の大事なものだ」

「え、だから、対価を……」

　気圧（けお）されながらも、まだ諦めない女性の手からロケットを奪い返したアルヴィンは、ローザと立ち位置を入れ替える。

「できれば気持ちよく買い物をしてもらいたいんだ。大切な従業員を困らせるのなら、君達をお客様として扱えなくなるけど、いい？」

アルヴィンは柔らかい口調だったが、有無を言わせない宣告だった。

顔を強ばらせた赤いスカートの女性は急いで頷いた。

が、しかし緑のスカートの女性まで青ざめてしまっている。

このまま帰してしまってはいけないと思ったローザは、彼女達に向けて頭を下げる。

「申し訳ございません。こちらは母の形見で、手放すつもりはないのです。どうかご容赦ください」

すると、赤いスカートの女性の表情が和らぎ、椅子へと腰を戻した。

「そうだったの……私のほうこそごめんなさいね」

「ご理解いただければかまいません。よろしければ紅茶をお召し上がりください。当店の自慢なのですよ。クッキーもどうぞ」

「まあ、このクッキーはおいしいわ。形も雪みたいで素敵ね」

たちまち意識がそれてお茶を楽しみ始める女性客二人に、ローザはほっとする。

ただ、切ない気持ちでアルヴィンをそっと見上げた。

アルヴィンは、ローザを大事にしてくれる。聖誕祭前の事件以降は特にそうだ。

けれど、事件で知り合った半妖精の青年ロビンの言葉が胸に引っかかっていた。

彼は感情が高ぶると金粉が舞うローザの瞳が「妖精の瞳」と呼ばれ、妖精の血を引いた者の証だと教えてくれた。

同時に、その性質も語ったのだ。

『妖精の血を持つ子は、妖精に狙われやすく……そして、一度妖精に遭遇した人間にも執着される』

アルヴィンは幼い頃に妖精界に迷い込み、七年という時間と感情を奪われた。

だから妖精に執着し、追い求めている。

そんな彼がローザを大事にしてくれるのは、ローザに流れる妖精の血に惹かれてのことではないか。

『彼の想いは偽物だ』

その疑念がローザの心に暗い影を落とし、離れないのだ。

緑のスカートの女性はスピネルのネックレスを買い、赤いスカートの女性は大粒のルビーを薔薇に見立てたイヤリングに決めて、上機嫌で帰って行った。

その後は大きなトラブルもなく午後を迎えると、スズランのドアベルを鳴らし郵便配達員が入ってきた。

ローザは礼を言って受け取り、宛先を検める。

配達員は心得ていて、青薔薇骨董店が開いている間は、店にテラスハウス全員分の手紙を置いていってくれる。

本来は扉にもうけられている隙間から床へ投げ入れていくのだが、このような悪天候だと郵便物が汚れてしまうからだ。

手紙の多くはアルヴィン宛てだ。

骨董や美術をはじめ、博物誌やオカルトなどの定期購読をしている雑誌類。

個人からは探してほしい骨董品の依頼、骨董品の買い取り、同業者との情報交換など、彼に来る手紙は多岐にわたる。優先度に合わせて仕分けするのがローザの仕事だ。

今日はその中にいつもと毛色の違う手紙を見つけた。上質な封筒には赤い封蠟（ふうろう）が押されている。

差出人の名を見てローザの頰が緩む。

早く見せなければと、ローザは定位置の作業机に向かうアルヴィンに声をかけた。

「アルヴィンさん、ホーウィック卿（きょう）からお手紙が届いておりますよ」

ただの手紙であれば、アルヴィンは空いている場所に置いてほしいと言う。

けれど彼はペンを走らせる手を止めて顔を上げた。

「クリフからかい？」

差し出された手に、ローザはその封筒を載せた。

「こちらにはまだ帰って来てないはずだけれど、どうかしたかな……？」

首をかしげつつもいそいそとペーパーナイフを取り出すアルヴィンにローザはふふ、と微笑ましい気持ちになる。

クリフ——クリフォード・グレイは、グレイ伯爵家の次男で、アルヴィンの弟だ。

長らく断絶していた兄弟仲ではあったが、去年のとある事件を切っ掛けに和解と歩み寄りができた。先月に催した聖誕祭のパーティでは、プレゼントにお菓子のボンボンを持って来てくれたことも記憶に新しい。関係は良好のようだ。

手紙を読むアルヴィンを邪魔してはいけないと、ローザは手紙の仕分けを再開する。

今日はテラスハウスのもう一人の住人であるセオドア宛ての手紙があった。

差出人は「フレヤ・グリフィス」。名前からして、彼の母親である。

定期的に手紙が来ているのはローザも知っていたため、あとでセオドアの部屋のドアに挟んでおこうと心に決める。

仕分けを終えて顔を上げたローザは、アルヴィンの様子がおかしいことに気がついた。

彼の表情が抜け落ちている。

感情が見えないと容貌の美しさが際立ち、幻想の世界の住人のように現実味が薄れる。

彼の手には、クリフォードからの手紙が握られている。

確かにアルヴィンは表情が豊かではないが、だからこそ明らかに尋常ではない。

「どうかされましたか？」

ローザが問いかけると、アルヴィンはふっと顔を上げた。

その一瞬の横顔には、どこか頼りない雰囲気がある気がした。

声をかけられてようやく我に返ったアルヴィンは、すぐにいつもの微笑に戻った。

「クリフが、領地にいる母の近況を知らせてきたんだ」

彼の母……両親について、ローザが知っていることはそう多くない。

アルヴィンは、十二歳の頃に妖精界に迷い込んだのだという。

そして現実に戻って来たときには、七年の年月が過ぎていた。

感情がとても鈍くなり、弟だったはずのクリフォードは年上になってしまった。

両親は、七年前と変わらない姿で帰って来た十二歳のアルヴィンを忌避したという。

母親はアルヴィンを詰り、父親は帰って来た事実をなかったことにするため、彼を遠縁へ養子に出した。以降関わってこない。

そのように断絶した親子関係の中で、送られてきた母の近況だ。

心がとても鈍くなっているアルヴィンでも、なにも思わないわけがない。

しかしどう声をかけるかローザが迷っていると、アルヴィンが覗き込んでくる。

「眉尻が下がって口角が強ばったね。心配させてしまったようだ」

ローザの胸中を見事に読み当てた彼は、大丈夫だとでも言うように朗らかに続けた。

「大丈夫だよ。母は僕が帰って来たあと、精神が不安定になってしまって領地で療養しているんだ。今は僕のいなくなった森で、自分の息子を探しているんだよ。そろそろ僕がいなくなった時期だから、よく領地に出ているみたいだね」

当人であるアルヴィンが他人事のように語る姿に、ローザは胸が苦しくなる。

彼は微笑みを浮かべながらも、眉尻を下げた。

「ただ今回はさらに変わったことをしていて、それをクリフが心配しているようだ。彼女はずっと領地から出ていないからね。社交もしていないみたいだから、クリフォードはことあるごとに帰るようにはしているらしい。僕はパブリックスクールを出て以降はグレイ領には帰っていないから、今の領地の様子はあまり知らないんだ。気を利かせたあの子が、たまにはと書き送ってきたのかもしれないね」

おそらく違うと、ローザは思った。

クリフォードは幼い頃の過ちを長い間引きずり、アルヴィンに素直になれなかった人物だ。明らかに禍根がある両親のことを、わざわざ書き送ってくるほど無神経ではない。

今確かなのは、ローザが共に過ごしてきた中で知ったアルヴィンの癖だ。

彼が饒舌になるときは、気持ちの整理がついていないときだと。

「他に気がかりなことが、書かれていたのではございませんか？」

ローザが尋ねると、アルヴィンはぴたりと口を閉ざす。淡い微笑みがなりを潜めた。

表情がなくなる様は一瞬怒ったようにも感じさせるだろうが、ローザは彼が浮かべる表情がわからなくなっているからだと知っていた。

辛抱強く返答を待っていると、アルヴィンはローザからふっと視線をそらした。

「少しだけ、クリフから相談をされた」

あまり頼ってこようとしなかったクリフォードが領地から手紙を送ってくるほどの相談とは、一体どんなことなのか。

ローザが追及する前にアルヴィンは手紙を畳んでしまった。

「けれど他愛ないことだ。今はルーフェンに気になることがたくさんあるからね。それこそ妖精女王のまじない師なんて、とても興味がそそられるな」

「ですが、ホーウィック卿がお困りなのではありませんか？」

彼が話題をそらそうとしているのはわかっていたが、ローザは思い切って踏み込んだ。

一瞬アルヴィンはためらうそぶりを見せたが、結局は微笑に戻る。

「僕の優先順位は妖精女王のまじない師のほうが高い。このまま噂が広まってしまうと、今日のようなお客が増えていくだろう？　そうするとローザがロケットを安心して持てなくなりそうだ。原因の根元は知っておいて損はない」

「っ……」

彼がローザを優先したことに、思わず怯んでしまった。

ローザの反応には気づかなかったようで、アルヴィンは顎に指を当てている。

「まずはいつからどのような活動をしているのか、情報を集めよう。なぜルビーの話が広まったのか。『妖精女王のまじない師』という呼称の由来も知りたいし、占い方も重要だ。もしかしたら新たな妖精の話に繋がるかもしれないからね」

アルヴィンは、多少の葛藤はあれどいつも通りに戻っていた。

己の方針に迷いはないのだろうと、ローザにも感じられる。

だからこそ、不安を覚えるしかなかった。

以前、アルヴィンにこう願われたことがある。

『心がない僕ではわからないことがある。だから、ね、君の心と目を貸してほしいんだ』

事件解決のためではあったが、これ以降もローザが感じた印象を、アルヴィンは全面的に信頼してくれている。

それこそ、ローザが否定をしても、すんなりと受け入れるほどに。

知らなかった頃は、そのことが誇らしかった。

けれど、妖精の血がアルヴィンに影響を与えているかもしれないと知った今は、素直に喜べなくなった。

アルヴィンは自分の心をうまく認識できないが、仕草や言動で相手の感情を推察することはできる。

もし、彼が妖精の血に惹かれてローザを慮るのなら、本心を歪めてでもローザが安心する言動を選ぶかもしれないのだ。

ただの可能性だ、本当のところは確かめようがない。

(この葛藤を、アルヴィンさんに気づかれたくない)

厚意をうまく受け取れないのは苦しい。

それでも、彼を惑わしてしまうような言動はしたくない気持ちが勝った。

アルヴィンは朗らかな表情でローザを見た。

「ローザにも手伝ってほしいな」

「はい、お店にいらっしゃるお客様への聞き込みはお任せください」

平静に答えられたと、思う。

「確かに、僕だと全く話が終わらなくなるからね」

その証拠にアルヴィンはぱちぱちと瞬いて、困った顔をしたのだった。

＊

翌日には、雪は溶けて石炭の煤で黒ずんだ名残が道の脇に残るだけになった。

悩みはあれど、日常は平等に過ぎていくのだ。

アルヴィンはさっそく妖精女王のまじない師について調べるために外出した。

こんなときの青薔薇骨董店の営業は、ローザに一任されている。

『開けていてもいいし、お休みにしといてもいいよ。買い取りと鑑定以外はもう君に任せられるから』

彼に朗らかに言い渡されたときは、ローザは責任感を覚えると同時に、宝物を貰ったように嬉しくなったものだ。

アルヴィンは経営にはおおらかだが、商品や品物に対しての扱いは妥協しない。

そんな彼に、売り物を任せても良いと信頼してもらえたのだと誇らしくなった。

以前は洗濯屋に勤め路上での花売りも満足にできなかったローザが、今では骨董店を任せてもらえるようになった。はじめこそ自由にして良いと言われて途方に暮れたが、月に何度も店を預かれば慣れたものだ。

朝食後アルヴィンを見送ったローザは、普段はできない細かな場所の掃除をした。

昼前頃に一通り綺麗になった店内に満足しながらも、ローザはちらりとエセルを見る。

灰色の猫エセルは、掃除の間も暖炉の前にある専用のクッションの上で悠々と寝そべっていた。これほど騒がしくしても全く動じないのは、さすがの貫禄だとローザはふふと笑ってしまう。

「エセル、暖炉の火の番をよろしくね」

ローザがそう声をかけると、エセルは返事の代わりに尻尾をゆるりとくねらせた。

半地下にある台所へ向かうと、部屋に入る前から良い香りが漂ってきて、ローザは思わずそわそわとしてしまう。

扉を開くと、オーブンの前には五十代ほどのふくよかな女性が座っていた。

このテラスハウスの家事を一手に引き受けてくれているクレア・モーリスだ。

簡素な丸椅子に腰を下ろし、のんびりと分厚い新聞を読んでいたクレアは、現れたローザに気づくと顔を上げた。

「まあまあローザさんどうかした？　お湯でもいる？　お菓子はごめんなさいね、今はオーブンでローストビーフを焼いているから難しいのよ」

「サンデーランチ用ですか。いつもありがとうございます」

エルギスでは、教会の教義から日曜日は休日と定められ、何事も慎むようにという教えが広まっている。

商店や会社は休みとなり、普段離れている家族も集まりローストビーフとヨークシャープディングに温野菜を添えた定番の昼食を取るのだ。

発展が著しいルーフェンでは、日曜日でも休まない商店も増えてきて曖昧になったものの、サンデーランチの習慣は色濃く残っていた。

クレアは笑いながら手をひらひらと振った。

「ここのオーブンのほうがおいしく焼けるからいいのよう！　今日は早めに帰るわね」

もちろん本来ならクレアも休みにして良い日である。

ただこのようにくつろいでいるということは、と考えたローザは一応聞いてみた。

「わかりました。と、いうことはお手伝いすることはないでしょうか。今日はアルヴィンさんが資料探しに出かけていて、手持ちぶさただったのです」

「あらまあそうだったの。うーん、夕食用のサンドイッチを作ろうとは思っていたけれどまだ早いし、お掃除は終わったし洗濯は明日以降だし……あ、そうだわ」

なにか思いついたようで、クレアはぽんと手を打つ。

「今日は珍しくグリフィスさんもお休みでしょう？　焼きたてのヨークシャープディングはおいしいとはいえ、グリフィスさんには物足りないかもしれないわ。だからポテトパンケーキも焼こうか迷っていたの。今のうちに何枚食べるか聞いてもらえるかしら」

心底困った顔で言うクレアの気持ちがよくわかり、ローザはふふと笑う。

ルーフェン警察の警部であるセオドア・グリフィスは、かなりの健啖家だ。

彼がいる日といない日で料理の量は倍以上変わる。働く者には充分な食事を用意することを身上としているクレアにとっては、彼の食事量は重要事項なのだ。

「お任せください。ポテトパンケーキを焼くのも手伝いましょうか」

「あら嬉しいわ！　お願いね。さっきお掃除のついでに行ったときには寝ているみたいだったのよ。もし起きてなかったら無理しないでね」

だからクレアは迷っていたのか。

理解して台所を出たローザは、再び階段を上がっていく。

セオドアの部屋は最上階の四階だ。階段はさほど急ではないとはいえ、四階分上がるのはそれなりに苦労する。

アルヴィンの部屋は二階で、三階はローザが入居する前は骨董店の在庫置き場だった。

以前、セオドアになぜ四階を選んだのかと聞いたら、少々決まり悪そうにしながらもこう答えてくれた。

『家を追い出された自分に贅沢(ぜいたく)はできんからな。四階なら家賃が安いのが一つ。それに、俺は帰って来る時間が不規則だから、一階分空いていれば、足音が響かないだろうと思ったんだ。ま、あいつは気にしないだろうがな』

その後「君はうるさくないか？」と大真面目に尋ねられて、ローザはしっかりと気にならないことを告げたものだ。

今までセオドアが店に持ち込んだ問題は、すべて被害者の心を救うためだった。

大柄で警察官という職業柄か威圧的な雰囲気を纏(まと)っているが、とても誠実で正義感が強く、世話焼きなのだと知っている。

だからこそ、長年アルヴィンの友人をしているのだろう。

そこまで考えたローザは、ふと疑問が浮かんでくる。

「そういえば、なぜグリフィスさんは、おうちを追い出されたのでしょう？」

脳裏に浮かんだのは、昨日セオドアに届けた母親からの手紙だ。

ちょうど良く顔を合わせられたためにローザは手紙を直接渡したのだが、受け取った彼はなんとも言えない顔をしていた。

アルヴィンのように、大きな感情に揺さぶられるような様子ではない。

あえてたとえるなら食事中、食べられなくはないが、ほんの少し苦手な食材に行き当たってしまったような雰囲気だ。

家を追い出されたとは聞いていたが、少なくとも母親から手紙が届くのだから、没交渉ではないのだろう。

「確か聖誕祭のお祝いをするのも、実家に帰らないためとおっしゃっていましたね。どのような関係なのでしょう」

アルヴィンと出会って、家族というのは一筋縄ではいかないものだと知ったせいだろうか。少しだけ好奇心がうずいた。

ただ、ローザも強引に聞き出すつもりはない。あくまでセオドアの個人的な問題だ。

いつか、聞ける日がくると良いと思いながら階段を上っていく。

四階が見えてきたところで、女性の声が聞こえてきた。

「テディ！　いるのでしょう！」

テラスハウスは店舗入り口とは別に入居者用の出入り口がある。

基本的に鍵は開いており、訪問客も各部屋の扉まで上がって来ることができる。

だからローザは少し驚いたものの、セオドアを訪ねてきた客だろうかと考えた。

ひとまず様子を見ようと決め、階段下からそっと窺ってみる。

扉の前にいたのは、五十代ほどの女性のようだった。

小柄な体に纏うのは、落ち着いたチョコレートブラウンにところどころ紫の差し色がされた上品なドレスだ。赤いブローチはともかく、大ぶりのブレスレットや緑の宝石の指輪など身につけている装飾品は少々浮いているように思える。

それでも白髪が交じった明るい茶色の髪も丁寧に結い上げられていて、合わせている帽子も控えめだ。手元には少し大きめの手提げ鞄を持っていた。

ローザからは横顔しか見えないが、目尻や口元に皺はあっても、少女めいた無邪気なかわいらしさを感じさせる女性だった。

おそらく、裕福な中上流階級以上の出身だろうとローザがあたりをつけていると、大きな音を立てながら扉が開く。

中から出てきたセオドアは寝起きらしい。茶色の髪はなでつけられておらず、額にかかっていた。

若干焦って出てきたのか、彼には珍しく室内着であるラウンジジャケットの襟は正されておらず、シャツも微妙によれている。

セオドアが口を開く前に、女性が喜色の混じった声を上げた。

「まあテディ！　まだ眠っていたの？　今日行くと伝えていたけれど」

「いや、午後に来るものだと思っていただけだよ。母さん」

声を上げなかったのが不思議なくらいローザは驚いた。

彼女がセオドアの母親なのだ。ほんの少しやりとりを見ただけで、二人は険悪とはほど遠い仲なのがわかる。普通と評して良い親子関係にローザには思えた。

「それにしても、今まで眠っていたなんて疲れているのではなくて。叩き上げだからって色んな雑用を押しつけられてしまっているんじゃないの。体を壊さないか心配よ？」

「大丈夫だ。ところで母さんはどうして来たんだ」

「あら、息子の顔を見に来ただけじゃだめなの？」

気が抜けたローザは、彼らが個人的な話に入る前に用事だけ済ませようと考えた。

ローザが声をかけやすいよう階段を上がると、踏み板が軋む音でセオドアはすぐ気づいた。

「エブリンさん」

呼びかけられたローザは、ちょこんと目礼をする。

「こんにちは、グリフィスさん。来客中に申し訳ありません」

一拍置いて振り返った女性に対しては、丁寧にスカートをつまんで挨拶をした。

「ごきげんよう、お邪魔して申し訳ございません奥様」

「まあ、まあ、まあ！」

感嘆の声を上げた女性は、いきなりローザとの距離を詰めてきた。

彼女がつけている大粒のルビーのブローチがきらりと光る。

ローザがえっと思う間もなく、女性はローザの手を取るなり両手で包むように握る。

「まあ嬉しいわ。私、セオドアの母のフレヤ・グリフィスというのよ。この子不器用で真面目で積極的ではないけれど優しくて良い子なの！　ぜひ末永くよろしくね」

「え、あの奥様？」

フレヤにまくし立てられたローザは、目を白黒させるしかない。

焦ったセオドアが話を遮った。

「母さん！　一体なにを言っているんだ！」

「だってこんな時間に訪ねてくる、あなたが身構えない女の子よ？　そんな方は今までいなかったでしょう。少しお若いとは思うけれど応援するわ。ふふふやっぱりおまじないが効いたのね」

まくし立てるフレヤにローザは戸惑うが、ひとまず自分の用向きを伝えることにした。

「あの、わたしはロザリンド・エブリンと申します。この下の階に住んでおりまして、昼食について伺いに来ただけなのです」

「そうだ！　彼女はお隣さんというだけで、それならアルヴィンのほうが……いや、なんでもない」

なぜセオドアは必死なのだろうと思いつつ、ローザも頷（うなず）く。

だが彼が言いよどんだせいか、フレヤの疑いは深まるばかりのようだ。

「怪しいわ、別に隠さなくったっていいのよ」

眉をつり上げる彼女がさらになにかを言う前に、セオドアが先手を打つ。

「それよりもだ！　手紙に相談があると書かれていたが、一体なんだ」

「そうよ！　テディ聞いて。トーマスが全然話を聞いてくれないの。だからテディに頼もうと思ったのよ」

少女のように憤慨するフレヤの興味がそれたことにほっとしていたローザは、次に続いたフレヤの言葉に驚いた。

「妖精女王のまじない師様が授けてくださった琥珀（こはく）が、願いが叶（かな）ったら溶けたのよ！」

一章　妖精占いの琥珀

アルヴィンが帰って来たのは正午になってからだった。

昼食にはセオドアの母フレヤも同席することになり、急遽ダイニングルームが食事会の場となった。ほぼ寝るためだけに使われているセオドアの部屋は、四人で食事ができる家具が揃っていないからだ。

とはいえ入居者が一度に食事ができて便利だからとアルヴィンがダイニングルームにしたものの、半地下は本来客を通すような場所ではない。

それでもここは骨董店である。

いつものテーブルに真っ白なテーブルクロスを敷き、中央には生花の代わりに、硬質な花弁が美しい薔薇とマーガレットの陶花を飾った。使う皿は柳と伊那風の風景が特徴の、ウィローパターンがあしらわれたセットだ。カトラリーもよく磨いた銀器を並べる。

「さすが骨董店の食卓だわ！」

華やかに彩られたテーブルを見たフレヤの感嘆の声に、ローザはほっとした。

クレアはこの突然の来客にも見事に対応してくれた。

メニューは宣言されていた通り、ローストビーフと色とりどりの茹で野菜の付け合わせの他に、追加でバンガーズアンドマッシュを拵えてくれた。こんがりと焼き目を付けたソーセージとマッシュポテトを添え、グレイビーソースをかけたものだ。

そこに主食となるヨークシャープディングとポテトパンケーキがあれば、四人前には充分過ぎる量になった。

フレヤは女性にしては珍しい健啖ぶりだった。

「まあ、このローストビーフは素晴らしいお味だわ。ソーセージはどちらの店のものかしら？ マッシュポテトがなめらかで大変良いわね。ヨークシャープディングもかりっともっちりしていて、お野菜もほどよく歯ごたえがあって甘いわ！ なによりポテトパンケーキは絶品ね。もし良ければレシピを教えてくださる？ うちの料理人にも作らせたいわ」

話しながらもフレヤの手は止まらないが、それでもカトラリーの使い方は美しい。

はじめこそ厳めしい雰囲気の漂うセオドアの母とは思えなかったが、この食べっぷりは通じるものがある。ローザは密かに感心した。

クレアも満足げに追加のパンケーキを焼きに行ったくらいである。

母親の勢いに押されてか、セオドアの食べっぷりは普段よりも大人しい。

ローザがさらに驚いたのは、フレヤがアルヴィンと顔見知りだったことだ。

「テディが毎日こんなに良いものを食べているのなら安心ね。アルヴィンさんにはお世話になっているわ」

　食事の皿が片付けられた頃、満足げに紅茶を傾けるフレヤに微笑みかけられたアルヴィンは小首をかしげた。

「僕はただの家主だから、食事のお礼ならクレアに言ってほしいな」

「アルヴィンさんは謙虚ねえ。テディはなんでも真面目にやり過ぎてしまうところがあるから心配だったのよ。あなたが誘ってくれなかったら、ただ仕事に邁進するだけの枯れた生活になっていたはずだわ」

「どちらかと言うと俺がこの男の面倒を見ているようなものだよ」

　苦々しく言うセオドアに、フレヤは眉を上げる。

「あら！　それでもトーマスに勘当されたあと、アルヴィンさんが部屋を格安で貸してくれなかったら困っていたでしょう？」

「助かったのは確かだが、俺も成人しているんだ。パブリックスクールでも自分の面倒は自分で見ていたのだからなんとかしたはずだぞ」

「引っ越してきたときの君は、とてもほっとしていたように思えたけど」

「アルヴィン！」

　アルヴィンが不思議そうに語ると、セオドアは焦ったように声を張る。

ころころと笑ったフレヤは目を細める。

「アルヴィンさんも、立派になったわね。青薔薇骨董店の名前はお友達からもよく聞くようになったもの」

しみじみと語る彼女の態度には、子供の成長を喜ぶ母のような親しみがある。

「グリフィス夫人は、アルヴィンさんをよくご存じなのですね」

ローザが言うと、フレヤはにっこりと微笑んだ。

「アルヴィンさんはテディが学校時代に我が家に招待したお友達ですからね！　テディが卒業するまでは、夏休みには必ず連れ帰ってくれていたわ。アルヴィンさんは……そのう、ご養子に入られたりと、おうちがとても複雑でしょう？　夫は頑固だからあまりいい顔はしなかったけれど、アルヴィンさんは成績優秀でいつも笑顔の良い子ですもの」

フレヤがそこまで口にするとは思わず、ローザは驚いた。

ただ言葉に嫌な揶揄は全く含まれておらず、良く言えばおおらかとも取れる。上流階級特有の鷹揚で無邪気で、自分の振る舞いで悪意が返ってくるとは思わない育ちの良さを感じさせた。骨董店の客にもよく見られるタイプだ。

「あら、ローザさんはご存じなかった？」

「いえ、グリフィスさんとアルヴィンさんの少年時代のお話を伺えたのが新鮮だったのです」

「かわいかったのよ！　テディはあっという間に大きくなったけれど、アルヴィンさんは身長が伸びても妖精のように綺麗だったわ。当時から妖精に興味がある不思議な子でね」

　フレヤがアルヴィンについて話す口ぶりは、優しく温かさにあふれている。

　アルヴィンの少年期に、そのように接してくれる女性がいたことが嬉しかった。

　フレヤの思い出話に花が咲きかけたが、そこにアルヴィンが堂々と割り込んだ。

「ところでフレヤさん、僕に相談したいことがあるのではないかな？」

　ローザはそこで、まだアルヴィンにフレヤの訪問目的を話していないと思い出した。

　アルヴィンが帰って来たのが昼時だったのもあり、まずは食事を優先したのだ。

　食事中もフレヤがアルヴィンとセオドアの思い出話や、セオドアに対しての心配と注意を終始口にしていたため、話す隙がなかったのもある。

　確信した口調のアルヴィンに、フレヤは驚いた顔になる。

「あらどうしてわかったの！」

「まあ、いくつかあるよ。フレヤさんは今まで妖精や僕の職業に対してあまり興味がなかった。けれど今日は真っ先に青薔薇骨董店の評判に言及したね。それに、今までここに訪ねて来る理由は、外で会う約束をしないセオドアを逃がさず連れ出すためだった。だが今日は昼食まで共にしてでも僕を待っていた。さらに言えばフレヤさんが身につけている装飾品だ」

　アルヴィンに目で指し示されたフレヤは、自身を見下ろす。

「見た限り、ブローチはルビー。ブレスレットはラピスラズリで右小指の指輪は翡翠だね。あなたが着ているチョコレート色のドレスからすると、取り合わせとしては少々浮いている。だから、あえてそのブローチを選んだのだと推測できる。ラピスラズリと翡翠は、民俗的な逸話から幸運にまつわるものとされているから、それが理由かな。なによりルビーはそう、今妖精女王のまじない師が積極的に勧めている幸運の宝石だ。それを好んで身につけているということは……」

はっと自分のブレスレットや指輪に手をやるフレヤに、アルヴィンは朗らかに告げる。

「つまり、フレヤさんは妖精女王のまじない師と懇意にしていて、その関連で相談しに来たのではないかな」

「そう、そうなのよ！　すごいわアルヴィンさん！」

興奮するフレヤの横で、ローザは感心する。

フレヤの服装に違和感を覚えていても、ローザはそこまで気づかなかった。

アルヴィンの洞察力と推理力は相変わらず鮮やかだ。

セオドアは「妖精女王のまじない師」という単語を聞いて、ひどく胡散臭そうな顔をした。だがこれ以上脇道にそれる前にと思ったのだろう、フレヤに先を促した。

「まじない師とやらはともかくだ。『琥珀が溶けた』と言っていたがどういうことだ？」

「そうです。願いが叶ったら、ともおっしゃっておられましたが……」

ローザとセオドアは、フレヤが護符について話したあと、逆に質問責めにしてきたために詳しい話はほとんど聞けていなかった。

改めて気になり問いかけると、フレヤはふふんと得意げにしながらハンドバッグから小箱を取り出した。

恭しく蓋を開けたその中身は、透き通ったオレンジ色の貴石だった。

身につけるための金具などはつけられていない裸石のそれは、フレヤの言葉を信じるなら、琥珀だろう。

平べったく楕円形に研磨されており、まるで太陽の光を固めたような、あるいは上質なブランデーのような色合いは美しい。表面には文字に似た模様が彫られていて、金粉で着色されており神秘的にも感じられた。

「まじない師様にいただいた、『願いが叶う』琥珀の護符よ」

厳かに紹介したフレヤは、いっそ誇らしげだった。

「この護符はね、妖精女王のまじない師様に直接占っていただいたときに、授けていただいたものなの。まじない師様はお忙しくて、お友達に紹介してもらってようやく個人的に占っていただく機会を貰ったの。本当に素敵な時間だったわ……次々に私のことを当てて、悩みを打ち明けたらこのまじないの護符をくださったのよ」

フレヤの楽しげでありながらも驚くほどの熱意にローザは圧倒される。

店に来る女性客にもよく似た熱量だった。

セオドアは顔を引きつらせていたが、アルヴィンは全く動じずに琥珀を観察する。

「ふむ、護符とは持ち主を守るためや、災厄を退けるために身につけるものだ。まじない師にはどのように説明されたかな」

「この琥珀には妖精が宿っていて、持ち主が真摯に願うと、その願いに応えてくれるのだと言っていたわ。でも、夫は『そんな子供だましにかまけてるんじゃない』って言うから頭にきて、テディとアルヴィンさんに話しに来たのよ」

「喧嘩をされたのですか!?」

ローザがぎょっとすると、当時の感情を思い出したらしいフレヤは、むっと腕を組む。

「もうあんなわからず屋は知らないわ。実際私の願いは叶っていたのだもの。アルヴィンさんにお墨付きを貰って言い負かしてやるんだから」

妖精と聞いたアルヴィンの、銀灰の瞳がきらりと光った。

アルヴィンは、ひとかけらでも妖精が関わる出来事は見逃さない。

ローザは彼が俄然興味を持ったのを感じ取って苦笑してしまう。

見ればセオドアもあきれた様子で頭に手を当てていて、ローザの視線に気づくと「君も苦労するな」と言っているようだ。

なんだか通じ合った気がして、ローザが「お気になさらず」という意味を込めて首を横に振ってみせると、彼の表情が少しだけ和らいだ。

と、なぜかフレヤがにんまりとこちらを見ていて面食らう。

昼食の準備が終わって、ローザとセオドアが共にいたときもそうだ。

フレヤは相談事より終始ローザとセオドアのことを聞きたがり、嬉しそうにしていた。

不快ではないのだが、あまり感じたことのない据わりの悪さを覚えたものだ。

さすがに気になったローザだったが、アルヴィンが先にフレヤへ話しかけていた。

「素晴らしい。ちょうど妖精女王のまじない師について調べていたんだ。フレヤさんは僕にも幸運を運んでくれたのだね。まじないの手順などはあったのかな」

「ええ、教えてくださったわ。毎日朝は朝日の下で、夜は月の下で両手の中に握って願い事をして、日の当たるところに置いておくのよ。それを繰り返しているうちに、琥珀に変化があったら願い事が叶う証なんですって！」

フレヤは嬉しくてたまらない様子で小箱から取り出した琥珀を掲げた。

「そして昨日！　メイドが掃除をしている最中にこの琥珀が溶けたと知らせに来てくれたのよ！　きっと妖精が願い事を叶えてくれたのだわ！」

琥珀に目が吸い寄せられたローザは、模様の一部が掠れていることに気がついた。

欠けた、という雰囲気ではなく、フレヤが称したように溶けた、という表現が一番しっくりくるだろう。

アルヴィンも銀灰の瞳で貴石を覗き込んでいる。

ローザはアルヴィンの表情が、雪原に咲くスノードロップのように可憐で幻想的な笑みになるのをつぶさに見た。

「実に良いね。ここでは暗いから店で詳しく鑑定しても良いだろうか？」

「も、もちろんよ。今日はそのつもりだったからぜひ！」

興奮していたフレヤも、彼の微笑に顔を赤らめながら頷いた。

琥珀を小箱ごと持ったアルヴィンは、立ち上がるとローザに向き直った。

「ローザ、僕が琥珀を見ている間、フレヤさんの相手をお願いできるかな」

ローザはぴん、と背筋を伸ばした。

この「お願い」にはフレヤから琥珀が溶けたときの状況やまじない師についての情報を聞いてほしい、という意味もあると察したからだ。

アルヴィンでは事情聴取を受けているようだと尻込みしてしまっても、ローザには打ち明けられるという客がままいるのだ。

「かしこまりました。グリフィス夫人、よろしければお店の中をご覧になりませんか」

「まあ、気になっていたのよ。テディも付き合ってちょうだい」

ローザが提案すると、フレヤは嬉しそうにしながら、当然のようにセオドアを誘う。

「触ったら壊れる物の楽園に行きたくないんだが」

「大げさねえ、そういうところはトーマスにそっくりだわ」

セオドアはフレヤの言葉にげんなりとしながらも、諦めたように肩を落とした。

宝石の鑑定には自然光が必要だ。光の屈折や色みを正確に見るためには、ろうそくやガス灯だけでは難しい。

幸いにも今日は晴れていたため、アルヴィンはいつも通り中庭に面した窓際に椅子とテーブルを準備して琥珀を観察し始める。

フレヤが華やかな店内に目を輝かせるのを見守りながらも、ローザは鑑定する彼の横顔を盗み見る。

自然光の下で、銀髪がきらきらと輝いて彼自身が宝石のようだ。

ローザは骨董（こっとう）や宝飾品を前にしたアルヴィンの横顔が好きだった。透き通っていて、目の前の品に集中する銀灰の瞳は綺麗だと思う。

ただ、今は自分も仕事中だと、フレヤに意識を戻した。

ローザもまた気になることがあったのだ。妖精女王のまじない師に感化された客がよく来店するものの、その実態はよく知らなかった。

「グリフィス夫人、まじない師はどのように占うのでしょうか？」

「フレヤでいいわ！　グリフィスは二人いるでしょう？　もちろんテディを名前で呼んで

も良いのだけど」

そう許してくれたフレヤは、また含みのある表情になる。

どうしたものかとローザは曖昧に微笑むしかない。

だが、フレヤはローザの鈍い反応など気にせず楽しげに教えてくれた。

「そうねえ、講演では様々な幸運のおまじないを教えてくださったわ。指輪はつける位置によって効能が違うから、それぞれに対応した宝石と指輪をつけるのが良いとかね」

「では、その翡翠の指輪にもなにか意味があるのですね」

「ええ！　翡翠は幸運を呼び寄せるためのもので、右の小指は願掛けの指輪をつけると良いと言われたの。翡翠の指輪は講演会のときに勧められて購入したものなのよ。すべてアルヴィンさんがおっしゃった通りの効果だわ！」

「翡翠を、買った？」

ぴくり、とセオドアの眉が動いた。

セオドアはむっすりとした顔で応接スペースの椅子に座っている。

腕を組んでいるのは、おそらく万が一にも骨董品に手が触れないようにだろう。

なにかを考え込むセオドアに、しかしフレヤは気づかずにローザに向けて続ける。

「他にも参考にと冊子を販売してくださったのよ！　ただ、私の役に立つと言われた冊子は『愛を終わらせる』ためのおまじないばかりで少し困ってしまったのだけれどね」

「愛を終わらせる……？　ですか？」

今ひとつ意味が掴めないローザに、フレヤは曖昧な表情でやんわりと教えてくれる。

「いわゆる別居ね。どんなに耐えがたくとも普通の方法で離婚は難しいでしょう？　不満をおまじないで解消しようとされる方がいらっしゃるの」

ローザはようやく理解する。

エルギスでは、基本的に女性から離婚はできない。

女性は男性の庇護下にあるものという考えの下、法的人格が認められていないからだ。

逆に男性からは比較的簡単な申し立てで離婚が成立するが、外聞が非常によろしくないため、離婚には消極的になりがちらしい。

だからよほどのことがない限りは、離婚ではなく別居を選ぶのだそうだ。

「実は冊子も持ってきたのよ。見てみる？」

フレヤが嬉々としてハンドバッグから取り出した冊子を、ローザは礼を言って見せてもらうことにした。

表紙に硬い紙が使われた上等な装丁だが、冊子という通り厚みはさほどない。

やはりセオドアも気になりはするのだろう、おもむろに近づいてくると、ローザが開いたページを覗き込んできた。

興味を惹かれたローザは目次を読み上げてみる。

「『カンファーの香りで嫌な相手を遠ざける方法』『キャンドルを使った愛を終わらせるおまじない』……？」

見事に別れをほのめかせるものばかりだ。

冊子の題名も「己の尊厳を取り戻すおまじない編」と書かれているので、おそらく他のまじないをテーマにした冊子もあるのだろう。

セオドアは明らかな困惑顔で、カブを使ったおまじないの項目を読み上げる。

「『愛を拒む食べ物であるカブの料理を、嫌いな相手に食べさせましょう。食べた相手は穏便に立ち去ってくれます』……俺は数え切れないほどカブ料理を食べてきたぞ」

「それはおまじないの力を込めていないからよ」

力説するフレヤに、セオドアはなんとも言えない顔になる。

彼らの傍らで冊子をめくるローザは、世の中にはこんなに様々なおまじないがあるのかと新鮮な気持ちだった。

ローザが知っているおまじないといえば、花売り時代にマーガレットの売り文句にした花占いくらいだ。

フレヤは不満そうにふくれっ面をする。そういう少女めいた仕草が抜群に似合った。

「興味深かったのは確かだけれど、私は夫に不満はないもの。だから別のおまじないはないかしら？　と個人占いのときに相談したの。そうしたら、特別で強力な琥珀のおまじないを教えてくださったのよ」

先ほど「夫と喧嘩した」と話していたはずのフレヤが、夫に不満はないと言い切るのに、ローザはおやと思った。ただ、表情に深刻な色は見当たらないのを見て取り、納得した。

「フレヤ様は、占いを娯楽として楽しまれているのですね」

「ええ、楽しいわ！　しかも願いが叶ったんだもの！　得をした気分よ！」

心底楽しげなフレヤを見ていると、ローザも気分が明るくなる。

微笑み合っていると、セオドアが苦い顔で問いかけてきた。

「そもそもだ、一体どんな願いが叶ったんだ」

「ふふふ、それはね……」

フレヤはセオドアとローザを見ると、とっておきの秘密を明かすように語った。

「テディに親しい女性ができますように、よ」

一瞬理解が及ばなくて、青い瞳を瞬いたローザは思わず傍らを見た。

「……は？」

同じように驚いたらしいセオドアもローザを見下ろしていて、二人の目が合う。

するとフレヤは嬉しそうに手を合わせる。

「やっぱりローザさんと仲が良いのね！　これはもしかしてもしかするのかしら！」

そこまで言われればローザでも意味がよくわかった。

フレヤの出会ったときからの態度が腑に落ちる。

あれは、ローザがセオドアにとって親しい女性だと思った喜びと親しみだったのだ。

ローザの顔にぶわりと熱が集まった。

あまりに予想外の受け取り方で、とっさになんと反応して良いかわからず立ち尽くすしかない。

反応はセオドアのほうが早かった。

「母さん！　さっきから否定しているが、エブリンさんとはそういう関係ではないぞ」

「あら、そのように慌てるのがかえって怪しいわよ。確かにローザさんはお若いけれどね。私がいくらお嬢さんを紹介しても昔から興味がなかったじゃない。働かれているのは事情があるのでしょうけど、ローザさんの所作はしっかりしているし、良いところの方なのでしょう？　でしたら交際には反対しませんよ」

訂正する隙も与えず滔々と話すフレヤに、セオドアは頭を抱えんばかりの形相だ。

「すまん、エブリンさん。母は思い込みが激しいところがあって、こう考えたらてこでも動かないのだ。どうせ琥珀の話も親父に相手にされなかったから、拗ねて俺のところに来たのだろう？」

「まあ失礼ね！　確かにトーマスは『こんな子供だましに頼るなんて』なんて言ったから口を利いてやらなかったら、紳士クラブに逃げていったわ。あなたまで可哀想な母のことを邪険にするのかしら？」

「いや、そういうわけではなく……」

トーマスというのが、フレヤの夫の名前なのだろう。

悲しそうに言うわりにはフレヤの態度は強気だ。セオドアも勢いに押されて口ごもる。

彼に任せてばかりではいけないと、ローザもなんとか言葉を絞り出す。

「フレヤ様、わたしはグリフィスさんには良くしていただいておりますが、本当にお隣さんという関係以外ございません。そのように扱われたのもはじめてで……」

「あらまあ、こんなに素敵なお嬢さんなのに？」

「わたしは、幼く見られがちですので」

自分で話すのも少々情けないが、事実である。

ただ、フレヤは心底意外そうにした。

「今まで出会った方は見る目がなかったのねえ。確かに小柄だけれど、立派なレディじゃない。それとも本当にまだお若いの」

「いえ、十八で、今年で十九になります」

「ならもうご結婚相手を探さないといけないじゃない！」

そう信じ切っているフレヤの迷いのない言葉は、形容しがたい動揺をローザにもたらした。頬の赤みが引かない。

ローザは幼く見える外見のために、年相応に扱われたことが少ない。だから結婚適齢期の娘として、そのような話題を振られることもなかった。

縁のなかった世界へ急に引き上げられた戸惑いで、どう受け流せばいいかわからない。

生き生きとしたフレヤは、狼狽えるローザに迫ってくる。

「育てた私が言うことではないけれどテディは良い息子よ、どうかしら？」

「鑑定は終わったけれど、フレヤさんはセオドアの結婚相手を探しに来たのかな？」

唐突に割り込んできた朗らかな声に、ローザははっと振り仰ぐ。

いつの間にか側まで来ていたアルヴィンは、いつも通りの微笑みを浮かべている。

ただ、ローザはなぜかその微笑にいつもと違うなにかを感じた。

フレヤはアルヴィンの様子に気づいているのかいないのか、おっとりと応じた。

「あら、せっかくの素敵なお嬢さんだもの。テディもいい加減お嫁さんを迎えてほしいの。それがローザさんみたいな気が利いて気立ての良い子だと嬉しいと思ったのよ」

「セオドアとローザは隣人だ。親しい、という範疇には入るかもしれないけれど、いわゆる将来を誓い合うような関係ではないのは、家主の僕が知っている。過度な邪推は二人にも失礼じゃないかな」

「けれど、未来はわからないでしょう？」

すっぱりと断じるフレヤの言葉には迷いがない。

確かに、以前パリュールの事件で知り合った小説家カトリーナも、周囲からの結婚の圧力に悩んでいた。

自分が遭遇してみると、このやりづらさはよくわかる。自分にとって結婚はまだまだ他人事だったのだとローザは実感した。

「身近な友人から親しくなっていくのも自然なことだわ。だって男と女ですもの。夫がいなければ女性は将来誰に守ってもらえば良いのかしら。仕事を続けていて行き遅れてしまったら妻として夫を支える喜びを得られないのは可哀想だわ。それともアルヴィンさんは雇い主として、ローザさんの将来のお相手を見つけるおつもりがあるのかしら？　私がこうして勧めることに不都合がありますの？」

フレヤは微笑んでいたが、その言葉には不思議と圧があった。

男性は妻を迎え、女性はたとえ仕事をしていてもいずれ夫を支える妻になる。それが彼女にとっての常識で、男女のあるべき姿だと考えているのだ。

いつものアルヴィンならば「感情的で一方的な見地から見た意見だ」などと涼しい顔で即座に反論したはずだ。

けれど、アルヴィンはゆっくりと瞬いた。反論すべき言葉を見つけられないように。

「僕、は……」

なにかを言おうとしたきり、アルヴィンは口を閉ざす。

その反応がローザは意外だった。まさかアルヴィンが言いよどむとは思わなかったのだろう、セオドアも目を見張っている。

ようやく反論がまとまったらしいアルヴィンが発した言葉は、しかし弱々しかった。

「僕は、ローザの雇い主だ。従業員として僕の側にいてもらう約束をした。……けど、結婚という個人的なことは、彼女の意思が重要なのではないかな」

模範的な答えだ。女性が結婚することで、仕事を辞めたり、勤務時間が不規則になったりするのを嫌がる経営者も珍しくない中では良心的とも言える。

けれどローザはひっそりと傷ついた。

アルヴィンの中では、妖精の瞳さえなければ、ローザはただの従業員だ。だから誰かと結婚したとしても、なにも思わないのだろう。その事実を目の当たりにして、心に悲しみを覚えたのだ。

ローザがアルヴィンの特別になりたいと願っているから。

平静でいられているか自信がなく顔をそらしたローザは、アルヴィンが青ざめて息を呑んだことに気づかなかった。

男二人をやり込めたフレヤは、くるりとローザに振り向いた。

「ローザさんもこのままお勤めを続けるわけにはいかないでしょう？　将来を考えてみるのはいかが？」

「母さん、さすがに……」

セオドアはやり過ぎだと考えたのだろう。

表情を厳しくして毅然とフレヤを咎めようとするのを、ローザはとっさに止めた。

「グリフィスさん大丈夫です」

「だが、エブリンさん……」

渋面で言いつのろうとするセオドアだったが、にんまりとするフレヤを見て口を閉ざす。

フレヤは押しつけがましいが、悪意がないだけにやりづらさもある。

それでも、ローザは今の気持ちを言葉にしたかった。

「わたしは、アルヴィンさんに拾っていただいて、青薔薇骨董店に勤めております。そのご恩をお返しするために、従業員としてアルヴィンさんを支えて行きたいのです。なので今は結婚などは考えておりません」

きっぱりと宣言する。

ローザはアルヴィンを支えると約束した。悲しみが宿ろうとも、雇い主と従業員としての関係のまま変わらずとも。――アルヴィンの感情が偽物だったとしても。

ローザのしたいことは変わらないのだ。

と、考えたところで、ローザはふとなにかが腑に落ちたような気がした。

なんだろう。今とても大事なことがわかりかけた。

そのなにかを言葉にしたいと思ったが、しかしこれ以上この話題を続けていれば誰にとっても喜ばしい結果にはならないだろう。

「もちろん、フレヤ様がグリフィスさんやわたしについてご心配してくださったことはありがたく思います。ただ今回の目的は、溶けた琥珀の調査、でございますよね？」

「あっそうだったわ！　忘れかけてしまってごめんなさいね」

フレヤは思い出してくれたようで、ほんのりと赤らんだ頬を押さえて恥じらう。

それで、店内の空気が一気に緩んだ。

「母さん、自分から持ち出したことだぞ」

セオドアも肩の力が抜けたようだ。

険悪になりかけた空気がほどけて、ほっとしつつローザはアルヴィンに話を振る。

「アルヴィンさん、鑑定の結果をお話しくださいますか？」

客が満足するよう気配りをするのが、青薔薇骨董店でのローザの役割だ。

どこかぼんやりとしていたアルヴィンも、夢から覚めたようにぱちぱちと瞬く。

「そう、だね。話そうか」

「どうでした？　妖精の名残があったかしら！」

「その前に、確認したいことがあるな」

期待に目を輝かせるフレヤを、アルヴィンは応接スペースの椅子へ座るように促した。

ぱちぱちと石炭が燃える暖炉の傍らにある椅子に全員が落ち着いたところで、アルヴィンがくだんの琥珀をテーブルに置いた。

「まずはこの石が溶けた詳しい状況を教えてほしいな。メイドが掃除をしているときとは聞いたけれど。もしかしてエタノールか……灯油を使ってはいなかったかな」

「ええと、任せていたのは倒してしまったオイルランプの掃除だったのよ。燃料の灯油が飛び散ってしまったから、臭い消しにエタノールを使っていたわ。ほら、パラフィンオイルより、灯油のほうが火が明るいでしょう？」

フレヤが「一体なぜこのようなことを聞くのか」という顔をする中、アルヴィンは指先を顎に当てて納得したようだ。

「うん。だいたいわかったと思う。では今回の現象について解き明かそう。まずは護符の表面に刻まれている文字についてだ」

「文字、ですか？　模様ではなく？」

ローザが不思議に思っていると、アルヴィンは琥珀の横に上質な革表紙の本を開いた。

中身は研究書のようだったが、見ただけでは内容が読めないほど文字が細かく難解だ。しかも外国語のようである。

けれどアルヴィンが迷いなく開いたページを見るなり、フレヤがあっと驚く。

「この模様！　護符に書いてあったものだわ！」

ローザも琥珀とページを見比べると、確かに掠れた部分以外はそっくりだった。

「これはルーン文字だ。古くから力ある文字とされていて、対象に刻むだけで呪術的な力を持つと言われている。こういった護符を作るのであれば、最適な文字だね。これに刻まれているのは『エイワズ』。内包される意味は防御や変容、忍耐というところだろうか。まじない師はなかなか君のことを考えて選んだみたいだね」

「まあ、そんな意味があったのね」

「問題はこれが北方大陸の古代文明……つまりエルギス外の文化であるということだよ」

喜んでいたフレヤは、きょとんとアルヴィンを見つめた。

ローザはアルヴィンとフレヤの話を総合して考えて、思い至る。

「妖精女王は、エルギスの建国にまつわる妖精ですよね。その妖精から学んだというまじない師が作った護符としては違和感がある？」

「その通りだ。エルギスの妖精とルーン文字はあまり結びつけられるものではない。ローザが先ほど読み上げてくれた冊子の中にあった〝おまじない〟もそうだ。僕が知っている範囲では、フィンスやリタールなどの外国のまじないが混ざっているね」

宝石の鑑定の最中でも、こちらの会話を聞いていただけではなく、おまじないまで記憶しているアルヴィンの広い知識にローザは感心する。

「まじない師はずいぶんいい加減なようだな」

セオドアは眉間に皺を寄せており、警部の顔つきになっていた。

フレヤは狼狽えたものの、急に風向きが変わったことが不満のようだ。

むっとした顔で声をとがらせる。

「でもまじない師様は、私の悩みを次々と言い当てられたのよ！　それに願いが叶ったら琥珀が溶けたのだもの！」

「根本的なことだけれど、これは琥珀ではないよ」

「えっ！」

端的な断定にフレヤは、虚を突かれたようだ。

アルヴィンは立ち上がりつつ、ローザを見る。

「ローザ、台所へ行って掃除用のエタノールを借りてきてくれるかな？」

「かしこまりました」

ローザがさっそく掃除用のエタノールを持って戻ると、フレヤとセオドアはアルヴィンの作業机を囲んでいた。

エタノールを使うつもりなら、暖炉の側では危険だからだろう。

アルヴィンにローザがエタノールを渡す。

彼の手元にはくだんの琥珀の護符と、透き通った太陽を閉じ込めたような橙色の中に黒い筋がいくつも入っている宝石があった。

「これは、普段比較用に僕が用意している本物の琥珀だ。琥珀は透明度が高いほど質が良いとされているから、これは等級が低い琥珀だけど、充分だ」

アルヴィンは言いつつ、ローザ達へ琥珀の護符を示してみせる。

「この溶けた部分の表面を触ってみてくれないかな」

真っ先に手を伸ばしたのはセオドアだ。

護符を手に取り、表面に触れるとすぐに眉を上げた。

「なにかべたべたするな」

ローザもセオドアから受け取ってなぞってみる。確かに指先に貼り付く感触がある。

「でもそれは、妖精が願い事を叶えてくれた証しではなくて？」

フレヤはまだ納得できないようだ。

「その可能性は否定できない。ただ、今僕がしたいのは琥珀ではないことの証明だからね。これから再現するよ」

言うなりアルヴィンは、エタノールを含ませた布を護符の表面に当てた。

しばらく置いたあと、手を離す。すると、金の塗料が消えていた。

「はい、触ってみて」

差し出された護符を受け取ったフレヤは、恐る恐るなぞって愕然とする。

「妖精が叶えてくれた証しと同じだわ……！」

「ちなみに、本物の琥珀だとこうなるよ」

言いつつ、アルヴィンがエタノールを含んだ布を琥珀に当てると、表面が白く濁る。

しかしローザが触らせてもらっても、琥珀の表面は護符のようにべたべたした感触はなかった。

「どういうことなの……」

確かめたフレヤが、困惑をあらわにアルヴィンを見返すのは自然な流れだった。

アルヴィンは淡い微笑みを浮かべて、口を開く。

「これはコーパルと呼ばれる、琥珀になる前の天然樹脂なんだよ」

「琥珀になる前の、樹脂……ですか」

今ひとつ腑に落ちないローザがオウム返しにすると、アルヴィンはなめらかに語り出す。

「そもそも琥珀というのは松柏類の樹液が　長い年月をかけて固まり化石化したものだ。その時間は三千万年と言われている」

「三千万年だと!?」

途方もない時間に驚いたセオドアは、小さな橙の石を凝視する。

「貴石類はたいていそうだよ。そしてコーパルは一千万年程度の半化石状態で採掘されたものなんだ。だから見た目は同じでも、琥珀よりも脆弱なんだよ。美しく研磨されても、経年変化で表面がひび割れるし、元は樹脂……つまり油だからこうしてエタノールに触れると溶けてしまう。灯油でも同様の反応が起きるよ」

「もしかして、エタノールで家具のニスが落ちてしまう原理と一緒でしょうか」

ローザはエタノールで骨董の家具を掃除してはいけないと注意されたことを思い出す。

ニスは蜜蠟や特定のカイガラムシが樹木から吸った樹脂物質などが主成分だ。

エタノールは油汚れを溶解させるが、逆に言えば油脂分に触れると溶かしてしまう。

アンティークの家具や骨董品に使われる塗料を容易に傷めてしまうため、骨董店の掃除にエタノールは滅多に使わないのだ。

「その通りだ。おそらく、オイルランプからこぼれた灯油か、掃除に使ったエタノールが護符に飛び散ったのだろうね」

「私の不注意で、護符ではなくなってしまったの？」

ぼう然とするフレヤに、アルヴィンはさらに続ける。

「原因はそれだけではないよ。フレヤさんがお願い事をする手順として教えられた『太陽に当てる』『素手で触れる』は、すべてコーパルの劣化を早めるものだ。遠からず同じような変化は出ていただろう」

「それは、私がオイルランプを倒さなくとも、護符の変化が起きていたかもしれないということ？」

フレヤの足元がふらついたのに、ローザは慌てた。

ただローザが駆け寄る前に、セオドアが彼女を支える。

「だから言っただろう。悪いが、母さんが思うようなことはない」

先ほどまでとは打って変わり、優しく言い諭すセオドアに、フレヤはじんわりと目尻に涙を浮かべる。

「ここからは推測でしかないけれどね。まじない師がはじめに勧めたまじないの冊子はフレヤさんが望んでいない『尊厳を取り戻す』事柄を取り扱っていると言ったね。夫との不和はフレヤさんくらいの年齢層の女性が抱える悩みに多くあるものだ。それ以外のことを相談したいと言ったあと、こちらを見透かすような質問が増えたのではないかな？」

「そう、かもしれないわ……そういえば、私がテディのことを話したのは、まじない師様が『子供についてお悩みですね？　それも将来のことで』って言ったからだわ。だからてっきりテディにお嫁さんがほしいという悩みを見抜かれたのだと思って」

「それは、どのようにも取れますね……？」

ぐらぐらとまじない師への信頼が揺らいでいるフレヤがこちらを見たので、ローザはおずおずと気づいたことを口にする。

「その言い方ですと、もちろん伴侶についてにも取れます。ですが、お子さんの就職先とも、問題のある行動を起こしているからやめさせたいとも考えられるな、と」

「あっ……！」

息を呑むフレヤに対し「ローザの言う通りだよ」と同意したアルヴィンが続ける。

「大多数に当てはまる悩みを次々に提示して、まるで自分のことを言い当てられているように錯覚させる手法がある。そうすることで『相手は自分を理解してくれる』と心を開かせられる。まじない師は冊子や個人的な占いを通じて様々な物品を販売しているようだね。ちなみにこの琥珀の護符は、いくらだったのかな」

アルヴィンが言外に言いたいことがローザにはわかった。

少し前までの生き生きとした表情がなりを潜めたフレヤは、掠れた声で答えた。

「普通の琥珀のアクセサリーより高価だったわ……」

「つまりだ」

割り込んだセオドアは決定的な言葉で形にする。

「これは詐欺だということだな？」

触れれば焼けそうなほどの怒りを感じさせる厳しい声音だった。

自分に向けられた怒りではないのに、ローザも体が震えたほどだ。

ただアルヴィンはさるもので、涼やかな表情で少し残念そうに小首をかしげる。

「物の価値なんてものは、その時々で変わるからなんとも言えないね。確かなのは『妖精女王直伝のまじない』という触れ込みが限りなく偽りに近いこと。そしてこれは琥珀ではないということだ」

「お前は言い方がまどろっこしいんだ。母さんの友人も琥珀の護符のような高価な物品を購入しているのならゆゆしき事態だぞ……と、母さん大丈夫か」

アルヴィンに文句を言いつつセオドアは、そこで我に返り、案じるようにフレヤの顔を覗き込む。

うつむいたフレヤの顔は見えないが、信じていたまじない師が犯罪者であり、だまされていたのだ。衝撃は計り知れないだろう。

彼女が落ち着けるよう茶を淹れようと、ローザがその場を離れようとしたときだ。

突然顔を上げたフレヤが声を張り上げた。

「も――悔しいっ！」

その場にいる全員がぽかんとする中、顔を真っ赤にしてフレヤは怒る。

「道理で、とっても甘い顔で色々なものを勧めてきたと思ったらお金を搾り取るつもりだったのね。なんて卑しい！　私も私だわ。こんなのにだまされてしまうなんて！」

「あ、あのフレヤ様」

ローザが声をかけると、きりっとしたフレヤはローザの手を勢いよく握る。

「ローザさん私の勘違いでごめんなさいね！　でもあなたがとても良いお嬢さんだと感じた気持ちは嘘ではないのよ」

「はい、重々承知しております」

若干気圧(けお)されつつもローザがそう答えると、フレヤはぱっと微笑んだ。

その笑顔は明るいものだ。思っていたよりも強い人らしいと、ローザはほっとする。

「君のお母様は、とても元気だねえ」

「そういう人だからな……だまされやすいが、その分吹っ切るのも早い」

感心しながらフレヤを眺めるアルヴィンの言葉に、セオドアは苦笑で応じる。

とはいえフレヤもすぐには怒りが収まらないらしく、ぷりぷりとしながら護符を突(つつ)く。

「宝石店に持って行ってアクセサリーに仕立てる前じゃなくて良かったわ！」

「気に入られていたのですね」

「だってこんなに綺麗(きれい)なオレンジ色なんですもの！　蜂蜜をそのまま固めたみたいで、ほんのりと甘い香りまでするでしょう？　でも琥珀(こはく)の偽物だったなんてっ」

文句を言うフレヤを微笑ましく眺めていたローザは、アルヴィンの表情が少しだけ変わったのに気づいた。

「偽物ではないよ？」

首をかしげたアルヴィンの肩から銀の髪が滑り落ちる。

出し抜けにそう言われて、さすがにフレヤとセオドアは訝(いぶか)しげにする。

混乱しているのは明白だ。

ローザはそっとアルヴィンに問いかけた。

「偽物ではない、というのはどのような意味でしょうか」

「言葉通りだ。このコーパルは琥珀ではないけれど、絵画を描くときの画用液や塗料の材料として利用されている。琥珀と偽ったまじない師が悪いだけだよ」

朗らかなアルヴィンはいつも通りに見えても、ローザにはなにかが違う気がした。

偽物という単語を、嫌がっているような。

フレヤ達は困惑しているが、ローザは彼が言いたいことがわかった気がした。

「このコーパルは偽りに使われてしまいましたが、偽物ではない、なにかの代わりではないとおっしゃりたいのでしょうか？」

ローザが確認すると、アルヴィンはちりと瞬くと、ほっとしたように笑んだ。

「そうだよ。本物と偽物なんてその時々のものの見方で変わってしまうんだ。だから、コーパルを嫌になってほしくないな」

「まあ、そういうことだったの」

フレヤは気が抜けたように、肩の力を抜く。セオドアも頰を掻いている。

色々とたくさんのことが起きてしまった。

「ひとまず被害届を出して、あとは俺に任せてくれ。母さんは気にしなくて良い」

「お疲れでしょうし、お茶にいたしませんか？　クレアさんが糖蜜タルトを作ってくださっていたのです」

糖蜜タルトは、甘いタルト生地に、ゴールデンシロップと卵、クリームを混ぜたフィリングを流し入れて焼いたものだ。

砂糖を作る過程でできる真っ黒な糖蜜を精製したゴールデンシロップは、蜂蜜のようなコクと独特の風味があり、クランペットなどのお供にもされる。

クレアが新鮮な卵とクリームが手に入ったときにだけ作ってくれて、ゴールデンシロップの甘みと共にクリームの香りがして絶品だった。紅茶と共にいただくと幸せな気持ちになれる。

糖蜜タルトと聞いたとたん、フレヤとセオドアの目が輝いた。

「ぜひいただきたいわ。できれば三つほど」

「俺は四つ貰(もら)いたい。もう小難しい話はこりごりだ」

全く似ていない親子だと思っていたが、おいしいものに対する反応はそっくりだった。

くすり、と笑ったローザは、ちょこんと膝を曲げて腰を落として見せた。

「かしこまりました。アルヴィンさん、お茶の用意はお任せしてもよろしいでしょうか？」

アルヴィンさんが淹れてくださるお茶が一番おいしいので」

「まあ、アルヴィンさんのお茶をいただけるの。素敵なティータイムになりそう！」

フレヤの表情が明るくなるのを見て、ローザは安堵(あんど)したのだった。

＊

セオドアは早々に動き、妖精女王のまじない師は逮捕されたらしい。

警察は以前から怪しんでいたらしく、フレヤの護符が本物の琥珀でなかったことから、詐欺での立件が可能になったのだという。

まじない師に傾倒していた女性達はぱったりと来なくなり、青薔薇骨董店も通常通りの営業に戻った。

そんなときにフレヤが店を訪ねてきたのだ。

アルヴィンは店にいない。探していた商品が手に入ったらしく、受け取りに行っているのだ。

ローザがのんびりと店番をしていると、フレヤが現れたというわけだった。

今日のお茶菓子は、フレヤが持ってきてくれたメレンゲ菓子とクッキーの盛り合わせだ。

砂糖と共に泡立てた卵白に、アーモンドパウダーを加えて焼き上げたメレンゲ菓子はエルギスの定番だ。軽やかな食感で、ローザはいくつでも食べられてしまいそうだった。

クッキーも定番のプレーンからジンジャーがぴりっと利いたもの。オートミールやドライフルーツがたっぷり入ったフラップジャックなどよりどりみどりだ。

少し量が多いかもしれないと思っていたが、魔法のようにフレヤの口に消えていったのでローザは妙に安心した。

「私のお友達も『特別』だからとだまされて、様々な道具や偽物の宝石を購入していたのよ。皆さん怪しいと思いながらも、運が逃げてしまうのが怖くて打ち明けられなかったようだわ」

ちょうどまじない師がどうなったのか聞きたかったので、フレヤの来店を歓迎したローザだったが少しだけ心配になる。

「あの、グリフィスさんはお仕事で不在なのです」

「良いのよ！　今日はローザさんに会いに来たのだもの」

あっけらかんとしたフレヤに、だから少し不安なのだがとローザは微笑むしかない。

セオドアとの仲を勘違いされた記憶は強烈だ。あのように迫られるのは遠慮したい。

するとフレヤは少し表情を真剣にした。

「そんなに身構えなくて良いわ、もう言わないから。ローザさんには大事な方がいるのよね？」

いきなりの核心をつく言葉に、ローザは息を呑む。

朗らかで天真爛漫な少女のようだったフレヤは、今は人生を重ねた大人の女性……母の顔をしている。

狼狽えるローザに、フレヤは申し訳なさそうに眉尻を下げた。

「あらあら動揺させてしまったわね。そうねえアルヴィンさんは美人だけれど、そういうところは鈍そうだもの。大変ねえ」

気づかれている。ローザの頬がかあと赤くなった。

しかしフレヤは咎めることもなく、楽しげにころころと笑う。

「かわいいわね。やっぱり女の子もほしかったわぁ」

「あの、従業員なのに店主を慕っているなんて……不謹慎だと思われませんか」

従業員と店主というだけでなく、ローザは労働者階級で、アルヴィンは本来なら上流階級の人だ、身分が違う。本人に想いを打ち明けるつもりなんて毛頭ないとはいえ、おこがましいとも言える感情だった。

するとフレヤはぱちぱちと瞬いた。

「それこそ私が言ったじゃない？　男と女で、友人から親しくなっていくのも自然なことだもの。あら……けれどアルヴィンさんが言っていた『結婚みたいな個人的なことは、本人に任せるべき』というのも確かにそうよね。私はお節介をしてしまったわ」

「いえ、わたしは気にしておりませんから」

「そう？　よかったわ」

アルヴィンの口調を真似ながら消沈したフレヤを慌てて慰めると、彼女はけろっとした顔で笑った。

そのあっけらかんとした反応が、なんだか妙におかしくてローザは笑ってしまう。

フレヤは、このように周囲の空気を明るくしてきたのだろう。

一気に肩の力が抜けたローザは、少し気になっていたことを尋ねた。

「そういえば、旦那様とのご関係は大丈夫でしたか？　喧嘩をしてアルヴィンさんに相談しに来た、とおっしゃっておられましたが……」

結局願い事が叶う琥珀は偽物だった。

彼女の夫であるトーマスは、端から信じていなかったようだったし、見返してやると息巻いていたフレヤは気まずかったのではないだろうか？

ローザの懸念に、フレヤはびっくりしたように目を丸くした。

「まあ心配してくださってたの、ありがとう。テディもトーマスもそれくらいの気遣いができれば良いのにね」

不満を漏らしながらも、フレヤの口ぶりは軽い。

ローザはそういえばフレヤはまじない師の冊子は必要ないと話していたと思い出す。

『私、夫に不満はないもの』

ローザにとって夫婦という関係はあまり馴染みがない。

自分に父親はいなかったし、昔住んでいたアパートにいた夫婦は、毎日のように喧嘩の怒号を響かせていた。別れた翌日に、他の女性といる姿を見ることも珍しくなかった。温かな家族なら、母ソフィアがたくさん教えてくれた。だからこそ夫婦とはどのようなものなのかは実感がない。

フレヤとその夫との関係は、ローザが今まで見てきたどの夫婦とも違うように思えた。

ローザの不思議そうな表情に気づいたのだろう、ティーカップを傾けていたフレヤはくすくす笑う。

「実はね、私をテディのところへ送り出したのはトーマスなのよ」

「えっ」

予想外の話にローザが驚くと、フレヤは肩をすくめた。

「トーマスはね、私を慰めるのが苦手なの。正論でずけずけと言って、私が拗ねて口を利かなくなるか、友人のところへ行ってしまうから。だから、子供に指摘をさせて私を慰めさせようとしたの。ずるいわね」

ずるいと言うフレヤの口調は優しい。

つまり彼女の夫は、セオドアを頼りにしているということなのだろうか。

しかし納得できない部分があったローザは、おずおずと問いかけた。

「ですが旦那様は、グリフィスさんを勘当されたのですよね……？」

「おかしいわよね。勘当した子供を頼るなんて。でもね、トーマスにも理由があるのよ」

フレヤは仕方ないとばかりに目を細める。

「夫は叩き上げから警察幹部になって私を娶ったのだけれど、身分で苦労したのよ。息子が警察官になると言い出したときは本当に喜んだわ。けれど自分と同じ思いをさせたくないがために、役職を用意しようとしたのよ。そしたら息子に『様々な身分の立場で考えられるよう叩き上げから始めたい』と拒絶されちゃってねえ」

あの実直で生真面目なセオドアらしい言葉だとローザは思った。

そう語った彼の口調まで聞こえてくるようである。

「トーマスは頑固でプライドが高いから、あとは売り言葉に買い言葉だったわ。テディの配属も自分と関係のない部署にする徹底ぶりだけど、気になりはするの。自分ではそれとなくと思っている方法で私を焚き付けて息子の様子を見に行かせて、私が報告するのを待っているのよ」

「つまり、フレヤ様は琥珀の護符は口実で、実際はグリフィスさんの様子を見にいらしたのですか」

「もちろん、護符の自慢もしたかったのは本当。まじない師は許さないけれどね」

ローザが驚きのまま確かめると、フレヤは真剣に言いつつ茶目っ気たっぷりにぱちりと片目をつぶる。

なんとも不思議な夫婦関係に思えて感心するしかない。

「夫にもたまには愛情を伝えてほしいとは思うのよ？　けれどそういう人だってわかっているからもう慣れてしまったわ」

「良い、のですか」

愛情を伝えてもらえなくても。ローザには新鮮な考えだった。

「言わなければ伝わらないことはわかっていても、誰しもが、思いをそのまま伝えられるわけではないわ。少なくとも、私達はこれでうまくやっている。だから良いのよ」

メレンゲ菓子を一つ口にしたフレヤは、幸せそうな笑みを浮かべた。

「想い方は人それぞれよ。ぜひテディにはローザさんのような人を見つけてほしいわ」

フレヤの笑みには気負いも曇りもなくて、ローザの胸に温かなものを残した。

フレヤが帰った後、ローザがお茶の後片付けをしていると、郵便配達員がやってきた。いつも通り手紙の束を受け取って仕分けを始めたが、その途中で、少し驚いた。

ローザ宛ての封筒があったからだ。

手紙なんて、時節の挨拶を送ってきたエミリーや、カトリーナからクリスマスカードを貰った程度だ。

差出人は誰か、と封筒をひっくり返してはっとする。

『赤毛の良き人』

良き人というのは、妖精の異称だ。この言い回しに当てはまり、赤毛の人物といえば、ローザは一人しか思い付かない。

「ロビンさん……？」

ローザに瞳の秘密を教えてくれた人だ。

どきどきと、ローザの鼓動が緊張で速まるのがわかる。

今、アルヴィンがいなくて良かったという気持ちと、どうしてロビンが手紙をよこすのかという疑問が浮かぶ。

ただ真っ先に思い出したのは、彼に言われた言葉だ。

『彼の想いは偽物だ』

だから、アルヴィンの気持ちはローザにある妖精の気配によって作られたのではないかと悩んでいた。

けれど、フレヤと話してローザは目が覚めたような気がした。

「相手の想い方は人それぞれなのです」

ずっとアルヴィンの想いが本物か偽物かばかり悩んでいたけれど、そもそも考える部分が違った。

「もしアルヴィンさんの想いが偽りだったとしても、わたしがアルヴィンさんを想う気持ちは変わりません」

感謝の気持ちも、従業員として役に立ちたいことも。

そしてアルヴィンの特別でありたいのも。

――できれば、アルヴィンに想いを返してもらえたらと思うけれど。

募る想いは打ち明けられない。打ち明けることで、アルヴィンの想いを強制してしまう可能性があるから。

ほんの少しだけ寂しい気持ちは残っても、気分はずいぶん楽になった。

気持ちが落ち着いたローザは、アルヴィンの席からペーパーナイフを借りると、封筒を開封する。

中からころんと出てきたのは、鉄製の湾曲した器物だった。手のひらよりも小さいものだから、封筒の中にも入ったのだろう。

「蹄鉄（ていてつ）ですね？」

馬の蹄（ひづめ）の保護用金具である蹄鉄は、魔除（まよ）けや富のお守りとしても人気がある。アンティークのアクセサリーのモチーフとしても使われているため、青薔薇骨董店でも取り扱っている。

ふと、アルヴィンにもう一つ教えられたことを思い出した。

『妖精は鉄を嫌うと言われている。だから生まれたばかりの赤子を妖精に盗（と）られないよう、ゆりかごに蹄鉄を忍ばせておくのもおまじないとして有名だね』

「妖精除け……ですが、なぜ？」

ローザにわざわざ送ってきたのは間違いないが、半妖精のロビンがそんなことをする理由が思い浮かばない。

ローザは悩みながらも、便せんを開いた。

便せんには白さが目立つほど、簡素な一文だけがあった。

『今の生活を続けたければ、妖精公爵に注意して』

裏返しても透かしてみても、それ以上の文面はない。

ますます、意味がわからない。

「妖精公爵は、ルビーの装飾を集めているという噂がある方ですよね」

妖精女王と契約しエルギスの建国に関わったとされる貴族だ。

ただひたひたと忍び寄る不安に、ローザはそっと胸元のロケットを握ったのだった。

＊

夕方、外出から帰ったアルヴィンは、二階の自室に戻った。

室内は仕入れた品物の倉庫としているため、花と植物と妖精のモチーフのアンティークであふれている。

その中に埋もれるようにしてある、なめらかなサテンの布が張られたオーク材の長椅子に倒れ込んだ。緩んでいた髪紐がほどけ、銀の髪が滑り落ちていく。

室内に火の気はなく寒かったが、火を入れる気にはなれなかった。

体の奥がひどく重い。経験として、こういうときは肉体的な疲労だけではなく「心」が疲れているのだと理解していた。

なぜ、疲れているのか。

妖精女王のまじない師が偽者だったからだろうか。いいや、本物に出会えること自体が少ないと知っている。

今日の仕入れのせいでもない。方々に問い合わせてようやく見つけた品だったが、そのような作業はいつもしている。

一つずつ検証するふりをしていても、原因はわかっていた。

アルヴィンが不調を覚え始めたのは、フレヤが相談をしに来てからだ。

頭の中に残っているのはフレヤの指摘だった。

『けれど、未来はわからないでしょう？』

そう、言われたとき、アルヴィンは確かに動揺した。

未来はわからない、その通りだ。

ローザはアルヴィンが見つけた青薔薇だ。フレヤの発言のあと、彼女自身も従業員として働き続けたいと答えてくれた。

「ローザが悲しげな表情をしていたことが引っかかった？　いいや違うな。あの表情を見る前から、僕の調子はおかしかった」

顔を背けたローザの表情を垣間見たとき、アルヴィンは「間違えた」と感じたのだ。

だが、なにがあっただろうか。彼女は自分のなくした心を信じてくれると約束してはくれた。

それ以前に一個人である。一般的に女性はいずれ結婚し、夫婦となって過ごすものだ。雇い主と従業員という関係であれば踏み込むのはおかしい。

アルヴィンは怪我などしていない。けれど「痛い」としか形容しようがなかった。

ずくりと胸が痛んだ。

片手で胸を押さえて、認めるしかない。

「僕は、僕の発言に違和感を覚えているのか」

だが、なにに引っかかっているのかわからない。

自分の発言は一般的に間違いはなかったはずだ。

ローザには以前、できる限り長く青薔薇骨董店にいてほしいと、告げたことがある。

アルヴィンがなにかを選択するときは、ありとあらゆる可能性を思考する。

感情がわからないために、様々な要因を考慮に入れなければ最良の選択ができないからだ。なのに、そのとき彼女が頷いてくれたことでアルヴィンは満足して、その可能性を意図的に考えなかったのだ。

なぜなら、自分は――を望んで良い人間ではない。

「……？」

煮出し過ぎたコーヒーを飲んでしまったような苦みに、アルヴィンは起き上がる。

灰色の毛の猫、エセルと目が合った。いつの間に入り込んでいたのか。

その金色の瞳がじっとアルヴィンを見据えている。

人の心がわからないアルヴィンには、ましてや猫の気持ちなどわかるわけがない。

それでも今日はなぜかエセルが自分を責めているように感じられて、アルヴィンはふっと視線をそらした。

ようやく思考が落ち着いて、次のことを考える余裕が出てきた。

先ほど店に顔を出したものの、すぐに自室に上がってきた。

理由は今日仕入れた品を早くどこかに置きたかったから。かといって、ローザの目に触れる場所は避けたかった。

アルヴィンは猫足のテーブルの上に置いた箱へちらりと目をやる。

普段のアルヴィンなら取らない行動だと、ローザは考えるだろう。

彼女は、アルヴィンのないはずの心の機微を、よく感じ取るから。

「あまり話をせずに二階に上がってしまったから、きっとローザは心配する」

もしかしたら呼びに来てしまうかもしれない。

彼女に気を遣わせるのは良くないと思いながらも、アルヴィンはなぜかローザが来てくれるのも悪くないと考えていた。

そのとき、部屋の扉がノックされた。

思わず顔を上げると、声が聞こえてくる。

「アルヴィン、入るぞ」

了承する前に扉を開けたのは、鷲鼻(わしばな)が特徴的な大柄の青年セオドアだった。

薄暗い部屋に眉を顰(ひそ)め、火の入っていない暖炉に眉間の皺(しわ)を深くした彼は、アルヴィンにずんずんと近づいてくる。

「またお前は暖炉に火を入れないで……」

「すぐに食堂へ下りるのだし、そのあとで良(い)いかなと」

「先に火を入れておいて部屋を暖めておいたって良いだろう。……うん？　お前、いつもより元気がないか？」

アルヴィンの変化に疎いはずのセオドアが意外そうな顔で覗(のぞ)き込(こ)んだ。

特にそういったつもりはなかった。暖炉に向かうセオドアを横目で見つつ、アルヴィンは億劫(おっくう)ながらもう一度身を起こした。

「もしかしたら、少し残念だったかもしれない」

「なにがだ？」

「君がローザじゃなかったことが」

自分でもどうして残念なのかわからず、アルヴィンは首をかしげるしかない。

暖炉に手際よく着火剤となるピートを準備して、マッチを擦ろうとしていたセオドアはため息を吐いた。

「お前は本当に、エブリンさんに感謝したほうが良いな」

「？　いつも感謝しているけれど？」

意味がわからないアルヴィンにかまわず、セオドアはしゅっとマッチを滑らせる。

小さく灯った火をすかさず木っ端に移し、暖炉のピートへ潜り込ませる。

そして、煙を出し始めるピートの上へ石炭を積み上げた。

セオドアはじっと炎が大きくなるのを見守りながら、ぽつりと言う。

「勘当されて行く宛がなかった俺に、お前は部屋を格安で貸すと提案したな。そんな施しを受ける気はないと断った俺に、なんと言ったか覚えているか」

「覚えているよ。立場の弱い人間に対する対応を知りたいんだ、だったね」

〝こう〟なってからかは定かではないが、アルヴィンの記憶力は人よりも良い。

セオドアは約四年前、ひとまずの避難先としてアルヴィンを頼ってきた。

彼は学生時代にアルヴィンに世話を焼いてくれたが、本来ならアルヴィンのような人間にはあまり関わりを持とうとしないだろう。それでも、一般的な礼儀として現住所くらいは教えるべきかと思って書き送った。本当に訪ねてくるとは思っていなかった。

一晩泊まったあと、すぐに格安のアパートを探そうとしていた彼に、すでに親から貰い受けていたテラスハウスへの入居を提案した。

案の定四角四面のセオドアは、無料でと言うと頑なに断ろうとした。だから彼が納得できるよう、アルヴィンの利点を提示したのだった。

「僕はお店を開くつもりだったけれど、フィールドワークで身分の違う相手に話を聞くとき、怒らせない対応を知りたかったんだ」

「あのときの傲慢さは、お前が貴族出身だと改めて思い知ったよ」

セオドアの声に、ここで暮らし始めた頃の吐き捨てるような険はない。

彼の大きな背に隠れていても、ごうと燃え上がったピートに包まれ、石炭が赤くなっていくのがよくわかった。

石炭は火がつきづらいが、一度つけば長く燃え続ける。

明かりのない部屋では、暖炉の炎は貴重な光源だ。

アルヴィンが作業を何気なしに見守っていると、赤く照らされるセオドアがこちらを振り向いた。

「ただ、仕事で貴族を嫌ってほど知って気づいた。そもそも貴族連中は弱い人間の立場に立って考えることはないのだと」

「なにが言いたいのかな。暖炉の火をつけたということは、時間のかかる話をするつもりだと推測するけれど」

アルヴィンに推察できるのはそこまでだ。

セオドアは時々空っぽの自分ではよくわからない部分で怒り、質問し、話をする。

ただ今回は思い出話をするには、セオドアの表情は少々真面目過ぎると感じた。類似する表情を当てはめるのであれば、アルヴィンが自分と家の事情を説明したときのようだ。

立ち上がったセオドアは、手近な椅子を引き寄せてアルヴィンの前に座る。

「お前の洞察力が、人間の情緒面に発揮されれば必要のなかった話だ」

セオドアの表情には茶化しもごまかしも一切ない。

どれほど困難でも、真正面から向き合おうとする彼の姿勢は、人間として希有なものだとアルヴィンはよく知っている。

両手を組んだセオドアは、アルヴィンを見据えた。

「お前、母さんの言葉をムキになって否定しただろう？　俺にとってエブリンさんは親しい年下の友人だ。その気がないことなど、お前なら理解していたはずなのにだ」

体の内側が、嵐の前のようにざわざわと騒ぐ。

アルヴィンは人が好意を持ったときの反応を熟知している。

それこそアルヴィン自身が客をはじめとした他者から向けられることが多いからだ。

セオドアの態度にも表情にも、ローザへの信頼や親しみはあっても、特別とされる愛情の仕草は見られない。

だからローザを選ぶことはあり得ない。そもそもフレヤの言葉はあくまで仮定だったのだから、アルヴィンは適宜受け流せば良かったはずなのだ。

「本当にお前は、エブリンさんと雇い主と従業員で良いのか？」

こういうときに限って、エセルはセオドアにじゃれつきには行かない。

ただ二人の会話に耳を傾けるように、じっと座っている。

「当たり前じゃないか」

「朴念仁の俺でも、嘘（うそ）だとわかるぞ」

胃酸が喉元までせり上がるような不快感を覚えながらも、アルヴィンは黙り込んだ。

嘘のつもりはなかったが、他にどう答えるべきかわからなかったからだ。

『従業員としてアルヴィンさんを支えて行きたいのです』

アルヴィンの耳にローザの声が蘇（よみがえ）る。

従業員として、その言葉は間違っていない。なのに、アルヴィンは喉が詰まるような心地を覚える。

セオドアは気持ちを落ち着けるように息を吐く。

「それにな、普段のお前だったら『彼女は僕の花だから、どこにもやる気はないよ』とかきざな台詞(せりふ)を吐いて周囲を困惑させるはずだ。俺には、お前があえてエブリンさんとの将来を想像するのを避けたように見えた」

アルヴィンは、空っぽのはずの心を揺さぶられたような気がした。

考えたことがなかったのだ。――当たり前だ、考えないようにしていたのだから。

彼女がいなくなると想像しただけで、耐えがたいほど苦しくなるのに？

なぜ、と考えようとすると、空っぽのなにかが悲鳴を上げる。

痛みに似た心地にアルヴィンは思わず胸のあたりを摑(つか)んだ。

認めるしかなかった。少なくとも自分のここには、揺さぶられるだけのなにかがある。

戸惑うように自身の胸元を見るアルヴィンを、セオドアはじっくりと観察する。

「エブリンさんが話してくれたことがある。お前は感情をなくしたのではなく、著しく鈍くなってしまったのではないかと。俺も、そう思う」

「根拠があるの？」

自分でもよくわからないまま、ぽつりと尋ねたアルヴィンの声は無機質だった。

セオドアは、暖炉の明かりで生まれた影に沈む妖精のように美しい青年を見据える。

「根拠かどうかはわからんし、俺はお前ほど洞察力があるわけではないがな。お前はどこかで身分にまつわることで、対応を間違えて深く後悔した可能性がある」

後悔という感情を抱いたことなど、妖精界から戻って来て一度もない。

ないはずなのに、アルヴィンは無意識に胸を摑む手の力を強めた。

「俺は警察官になってから多くの犯罪者や犯罪被害者を見てきた。その中で、手を伸ばせば容易に届く幸福を避ける、お前のような反応を知った。それは……」

憐憫にも似た表情で、セオドアは突きつけるように続けた。

「過去に大きな過ちを犯し、自身の幸福が許せない人間のものだ」

アルヴィンは一瞬すべての音が遠のいた気がした。

セオドアに突きつけられた言葉の、反論の余地を探す。

幸せの基準とはなにか。大きな過ちの根拠が見られない。経験則というのは容易に例外が生まれる。

しかし、すべて言葉としてアルヴィンの口から出ることはなかった。

なんと発言するのがふさわしいのか、わからないまま沈黙する。

表面上表情が変わらずとも、セオドアは自分の言葉がアルヴィンの「なにか」を揺さぶったことを、長年の経験上感じ取った。

「俺はただの腐れ縁の友人だ、勝手にする。だが、エブリンさんは違う。お前が拾ってお前が迎えた。だからお前には彼女と向き合う義務がある。彼女から受け取ったものから逃げてはいかん」

「僕は今、逃げているの？」

「俺には大いにそう見える」

アルヴィンは、生真面目なセオドアらしいと思った。

普通の人間なら踏み込んでこない場所に、己が傷つくことも厭わず、真正面から言葉をぶつけてくる。

耳が痛い事柄ばかりを投げかけてくるため、苦手とする人間も多いと、アルヴィンはパブリックスクール時代から知っていた。

だがセオドアはアルヴィンが知る中で最も「よき人間」である。アルヴィンが普通の人間の振りができるようになったのは、彼の忠告で行動を修正できたからだ。

そのセオドアが「ローザのため」だと言う。

なら、この体の怯みも忌避感も、避けてはいけない。

「まずは原因を思い出せ。少なくとも俺と出会う前、妖精界とやらに行った頃か、その前になにかあったはずだ」

セオドアの言葉に、アルヴィンは反射的に膨大な記憶を探る。

彼の言に従い、骨董店時代やパブリックスクール時代は除外する。

妖精界へ行った直後も外していい。感情がなければ、後悔などできないからだ。

つまり、妖精界に行く前。アルヴィンの幼少期だ。

記憶は、ある。

アルヴィンが幼い頃の記憶を思い出すときも、そこに感情は伴わない。

妖精は過去からも等しく、アルヴィンから感情を奪い去っていた。

けれど、そのとき自分がどのような表情だったか。状況、相手の表情の記憶から、どんな感情を持っていたかを類推はできる。

――幼かったクリフォードにショートブレッドの食べ方を教えた。

――妖精を探すため、頻繁に森へと走っていって、乳母に怒られたのを庇（かば）った。

――次期当主としての勉学が始まり、真剣に向き合った。

幸福で凡庸な、少年期だ。アルヴィンはちゃんと笑って、拗（す）ねて、怒っていた。

そこに曇りなど、なにもない。

「心当たりがない」

ぽつりと呟（つぶや）くように答えると、セオドアが腰を浮かせた。

「そんなはずないだろう！　現にお前はこうなっている」

「本当にないんだ、空っぽになったみたいに。ならなんで、僕は必死に妖精界へ行こうとしていたの？」

あまりにも曇りがないからこそ、浮き上がる不自然な情景だった。

アルヴィンはありとあらゆる妖精にまつわる逸話、事象、経験譚を調べた。

その中には平凡な日々を送る人が、突如妖精界に迷い込んだ事例も当然ある。

自分の身に起きたことは、そのような事例に類似するのだと考えていた。

だがしかし、今ひとたび改めて検証した記憶の中のアルヴィンは、そう考えるにはひどく矛盾する行動をしているのだ。

厳しい表情だったセオドアが訝しげにする。

「……どういうことだ」

彼の慎重な問いかけに、アルヴィンはかすかな感情の手がかりを探りながら口にする。

「僕は森で妖精のコインを拾って、妖精界に行った。だけど記憶の中の僕は、息が荒いんだ」

「息が荒い？　要するに妖精界に行こうとしている子供のお前は、走っているか、緊張か怒りで息が荒くなっていると？」

「それか恐慌状態だ。走っているそぶりはないから、僕は著しい感情の高ぶりの中、妖精界へ行く手形になるコインを拾っているんだ。そこがおかしかった」

「いや待て、知っていたから拾ったことのどこがおかしい」

セオドアの困惑に応える余裕もなく、アルヴィンは続ける。

そうしなければ、細く繋がった手がかりの糸を取り逃がしてしまいそうだった。

「僕の幼少期の記憶からは、なぜ妖精のコインだとわかったのか、コインは返さなければならないのか。そもそも妖精について、どこで知ったのかわからないんだよ」

アルヴィンの端的な説明を咀嚼し意味を理解したセオドアは、表情を引き締めた。

「お前は自分で妖精界に行くことを選んだ理由があったが、記憶から消えていると言いたいのか」

「そうだよ。幼い頃の記憶だから、単に忘却している可能性もあるけれど……」

「お前の記憶力なら別の理由がありそうだな」

セオドアの指摘に、アルヴィンはこくりと唾を飲み込む。

別の理由として、心当たりは一つしかない。

自分が求めてやまない妖精だ。

「僕は、なにかを忘れている。妖精界での出来事以外に」

記憶に不自然なほどの空白がある。今まで記憶の欠落に疑問を持たなかったことも、妖精になにかをされていたとすれば、説明はつく。

はじめて気づいた糸口に高揚感はある。

その前に、認めなければならなかった。

「僕とローザはただの雇い主と従業員だと言ったとき、なにか間違えてしまった気がしたんだ」

また、同じことをしてしまった、と。

目を見開いたセオドアは、ゆっくりと言った。

「なら、どこが間違ったのか確かめろ。嫌だと思っても知りたくないと逃げたくなっても、突き止めるんだ。もし自分が悪かったら謝って、それから未来を考えろ」

妖精を探さなければならないという、強迫的な観念も。妖精に奪われてしまったと思った感情も。

もしかしたら、手がかりはアルヴィンの中にあるのかもしれない。

自分はローザとどうなりたいのか。間違えてしまったのは、なんなのか。

だから、アルヴィンは、セオドアの忠告にこくんと頷（うなず）いた。

二章　ユニコーンの角に治せない病

アルヴィンの様子が変だ。

ローザはいつも通り店番をしながらも、作業机に向かうアルヴィンの様子を窺う。

今日はなにか書き物をしているようで、かなりの速度で万年筆が動いている。

もちろん通常業務もこなしていたが、口数が少なく思い詰めた雰囲気でいることが多いように思えた。

なにかに悩んでいるようにも思えるが、彼の悩みに心当たりがない。

「エセル、なにか知らない？」

ローザは、出窓にあるアンティークのディスプレイの中で器用に眠っている猫エセルに話しかける。

エセルは金の瞳を薄く開けたが、興味がないとばかりに尻尾を揺らめかせるだけだ。

ローザはその日の昼頃、クレアがわざわざ店舗まで上がってきたことで、理由の一端を知った。

「大変です大変ですよ！　アルヴィンさんっ」

昼食の準備中だったのだろう、全身にミルクとバターの香りを纏う彼女は大慌てだ。ローザがなにがあったのか聞く間もなく、クレアはアルヴィンへ新聞の記事の一つを示して見せた。

「このグレイ伯爵家って、あの失礼だった貴族様のおうちですよね？」

失礼だったと、過去のこととして語るクレアの律儀さに感心しかけたが、ローザはそれどころではないと気づく。

なぜグレイ伯爵家が新聞に載っているのか。

アルヴィンは差し出された新聞を一瞥すると、ああと納得した顔になる。

「クレアはそれを読んだのだね。僕も朝に確認したよ」

「そ、そうなんです？　このグレイ伯爵夫人って、あの貴族様のお母さんってことなんでしょう？　黒魔術で子供を攫う魔女だって書き立てられていて、私驚いちゃって」

「クレアさん、その記事を見せてくださいますか!?」

驚いたローザはクレアから新聞を引き取ると、その記事を読む。

新聞はゴシップ紙だった。たいていは絵入りで扇情的に、ときには誇張され嘘に近い形で書き立てられる。クレアが娯楽としてよく読んでいるものだ。

その記事は「妖精女王のまじない師の卑劣な実態！」という一面の次ページにあった。

妖精公爵の体調不良説の記事の隣にあるそれは「グレイ伯爵夫人、黒魔術にて幼子を攫う!?」という見出しのあと、次のように書かれていた。

『現在グレイ伯爵領内では、子供が行方不明になり、意識を失った状態で発見される事件が相次いでいる。その一連の事件に地元住民は領主の妻、ニーアム・グレイ伯爵夫人が関係していると疑っている。以前より神経を病み、領地にて療養中との噂があったグレイ伯爵夫人であった。だが記者の独自の調査によると、彼女は黒魔術に傾倒している魔女であるという証言が得られた。夜な夜な外を歩き回る姿が目撃され、屋敷には怪しい器物が運び込まれているという。攫われた子供達は、間違いなく黒魔術に利用されているであろう。このような残虐な所行を野放しにしてはならない。にもかかわらず、グレイ伯爵家は沈黙を守っている――……』

添えられたイラストには、腰が曲がり黒いとんがり帽子に黒いローブを身に纏ったおどろおどろしい魔女と、彼女から逃げ惑う子供達が描かれていた。

あまりに偏った書き方で、読み手の印象を悪しき方向へと誘導する論調だ。

しかし、ローザは知っている。「そのように言われること」自体が良くないのだと。

事実無根の噂によって不幸になったシエナを鮮明に思い出したローザは、おろおろとするクレアに気づいた。

「あの、ローザさん大丈夫? 気分が悪くなっちゃったかしら」

「大丈夫です、驚いてしまって」

そう？　と引き下がるクレアを安心させるために微笑みかけたあと、ローザはアルヴィンを見上げる。

中途半端に上げていた手を下ろした彼は困ったように微笑んだ。

ローザが読もうとするのを止めようとしていたのかもしれない。

「君に読ませるつもりはなかったのだけどな」

クレアが知らず、ローザが知っていること。

このグレイ伯爵夫人が、アルヴィンの母親であることだ。

心配そうにしながらもクレアが食事の準備に戻ったあと、ローザはアルヴィンに確信を持って尋ねた。

「最近アルヴィンさんの様子がおかしかったのは、グレイ夫人の事件が関係しておりますね？」

「普段通りにしているつもりだったのだけれど、君はよく僕を見ているね」

アルヴィンは感心したように目を見張る。

ごまかす気だろうかと懸念したローザだったが、作業机に戻った彼は話してくれた。

「実はね、前にクリフから来た手紙で、子供が意識不明で見つかる事件が続いていることも相談されていたんだ。その中で彼女のことも、少し詳しく書かれてあったよ」

クリフォードがわざわざ手紙を送ってきた理由も、ローザはようやく腑に落ちた。自身で解決できないほどの、怪奇的で切迫した事件が起きていたからなのだ。

手紙の話をしたとき、アルヴィンがためらったのはどこまで話すか悩んだせいだろう。

「あの新聞の報道は、完全にグレイ夫人を悪者として扱っておりましたが、実際はなにが起きているのですか」

「そうだね、まずはグレイ夫人の正確な状況を話そうか」

アルヴィンは一つ前置きをしながら、ローザに丸椅子を勧めてくる。

長い話になるのだろう。ローザがちょこんと座ると、アルヴィンも作業机の椅子に座りつつ口を開く。

「グレイ夫人……ニーアム・グレイは僕が妖精界から戻ったことで精神を病んだ。そして今は領地内でいなくなった〝自分の息子〟を探していると話したね？」

「はい、そして今回は、少し変わったことをされている、と」

「実は領地内を歩き回る他に、怪しげなおまじないにはまっているらしい。それが黒魔術に傾倒していると書き立てられたのだろうね」

「おまじない……？　というのはまさか妖精女王のまじない師の……？」

つい最近捕まった詐欺師が頭をよぎり、彼女も詐欺の被害者なのかと考えたローザだったが、アルヴィンはすぐに否定した。

「いいやクリフに確認した。一般に売り出されていた冊子は購入していたようだけど、まじない師にのめり込んでいた様子はなかったそうだよ。彼の語彙から類推するのは難しかったけれど、古くから伝わるおまじないを実行しているに止まっているようだ」

「そう、ですか……」

「うん。ただ、時期が悪かった」

安堵しかけたローザは、アルヴィンの言葉にはっとする。

新聞で報じられていたことは、黒魔術だけではないのだ。

「実際にグレイ領内で、失踪した子供が意識不明の状態で発見されているのも本当だ。新聞では書かれていなかったけれど、地元民の間では妖精の仕業ではないか、という噂が先にあったらしいんだ」

ローザは妖精という単語で一気に緊張した。

グレイ伯爵領で妖精界に行ったアルヴィンが、気にならないわけがない事態だ。

「どうして妖精という噂が村人から出始めたのかまでは、クリフも調べきれなかったらしい。ただ一人、二人と子供の失踪が相次ぐ度に、妖精の仕業からグレイ夫人がしているおまじない……黒魔術のせいだ、と噂が変化したようだね」

「お子さんは……」

まさか、今も戻って来ていないのだろうか、と案じたがアルヴィンは即座に否定した。

「子供達は長くても二日ほどで発見されているらしい。少なくとも亡くなった子供はいないよ」

安堵したローザは、続けて疑問を投げる。

「ホーウィック卿はどのような解決を望んでいらっしゃるのですか」

「事件の解決は望んでいなかった。『自分の領地のことだから、自分でなんとかする』とね。ただ、僕に伯爵夫人が望むある物を仕入れられないかと依頼してきた。それを材料に伯爵夫人に自粛してもらえないか交渉するらしい」

その説明から、ローザはクリフォードが解決に手を焼いていることと、グレイ夫人の頑なさを垣間見た。だから、彼はアルヴィンに助けを求めるしかなかったのだろう。

「その、物品とは？」

「ユニコーンの角」

ローザはぱちりと瞬く。それがどのような存在か、わからないわけではない。

むしろわかるからこそ困惑したのだ。

「アルヴィンさん、確かユニコーンというのは、馬に似た一角を持ったどう猛な獣の『妖精』でしたよね？　その角など手に入れられるのでしょうか」

いくら青薔薇骨董店が植物と妖精にまつわる品を取り扱うとはいえ、今まで本物の妖精の品を仕入れられたことはない。

空想上の獣の角などは、アルヴィン自身がほしいはずだ。

アルヴィンはそこだけは普段通りさらりと答えた。

「もう手に入っているんだ。最近仕入れで方々歩いていたのはそのためだったし」

「⁉」

あまりにもあっさりと言われて、ローザは青い目を丸くして絶句するしかない。

アルヴィンはふいに表情を落とした。

「僕はユニコーンの角を渡す代わりに、子供失踪事件の調査をさせてもらうつもりだ。今まで伯爵領に入るのを禁じられていたけれど、取り引きであれば応じる可能性がある」

今までアルヴィンが自分の事件の発端になった土地を調べなかったのは、それができなかったからなのか。

そう考えながらも、ローザは膝の上で重ねた手をぎゅっと握った。

指先が凍るように冷たいのは、恐ろしいからだ。

アルヴィンが妖精を探し求める理由の一つは「妖精に殺してもらうため」だ。

はじめて打ち明けられて以降、彼が「死」を口にすることはない。だがアヘンと思われる注射を自ら打ったり、犯罪者を一人で追いかけたりと、死に急ぐような彼の行動をローザはずっと見てきた。

今までなら、聞いてしまえば良いと踏み込めただろう。

けれど、今のローザには迷いがある。

もしここで問いかけてアルヴィンが否定してくれたとしても、それが彼の本当の気持ちか確信が持てないのだ。妖精の瞳に惑わされただけかもしれないと疑ってしまう。

ままならない気持ちに、ローザがこみ上げてくる苦さを噛み締めていると、アルヴィンがおもむろに切り出した。

「グレイ伯爵領で起きた現象なら、僕が出会った妖精がなんであったのか真実に近づけるかもしれない。この機会を逃したくない。なにが待っているかわからないし、長期滞在になるけれど……ついてきてくれるかい」

ローザははっとして、アルヴィンを見る。

彼は無表情に近く、銀灰の瞳は平静に思える。

ただ、なんでもないように見える彼の表情とその声に、ローザは不安と覚悟を感じた。

少なくとも、今の彼に暗い自暴自棄や、諦めのような感情はない気がする。

ローザは息を吸う。

アルヴィンの心はわからない。だからこそ、自分の気持ちを取り逃してはいけない。

もしグレイ伯爵領でアルヴィンが妖精にたどり着き、妖精から解放されるのであればそれは歓迎すべきことだ。

彼はローザに誇りと自信を取り戻させてくれた人。その恩を返したい。

その結末、アルヴィンがローザに興味をなくしたとしても、生きていてくれるのなら、それがローザの想い方だ。

（たとえ、唯一の花でなくなっても、あなたの〝希望〟でありたいから）

「もちろんです」

胸元のロケットを握ったローザは、金粉が散る青の瞳でアルヴィンを見つめた。

＊

エルギスの北東にあるグレイ伯爵領ホーウィックへは、移動にほぼ一日かかった。

夕方にルーフェンから汽車に乗り、最寄り駅に到着したのは翌日の昼過ぎである。

あの後、アルヴィンが手紙で調査の許可をクリフォード経由で求めると、想定より円滑に承諾された。その上、汽車の手配までしてくれたのだ。

用意してくれたのは一等の寝台列車だった。横になれる広い寝台があり、次々と風景が変わる車窓は飽きなかったが、これほど長く汽車に乗ったことはない。

ローザは、コンパートメントから駅のホームに降り立つと思わず伸びをした。

あらかじめ長距離移動になると言い渡されていたため、腹部を圧迫しない軟らかいコルセットにしたのは正しかったなと息を吐く。

装いは、青薔薇（ブルーローズ）の制服を基調としていた。首と袖の詰まったシャツに青のジャケット。スカートは簡素な代わりにタブリエというエプロン型のオーバースカートを重ねていた。足はブーツで固め、コートを着込んでいる。

寒風が吹きつけてきてローザは慌ててマフラーを巻き直す。

それでも駅前に広がる光景に目を奪われていた。

駅舎には屋根がないために、駅舎近くに固まった商店や町並み、そしてその奥の丘陵が一望できた。

露出した地面の黒と岩肌の合間にはうっすらと萌葱（もえぎ）が見え、針葉樹と広葉樹が混ざった森の深緑が重なっている。あまりルーフェンから離れたことのないローザにとっては、これほど景色が一望できるのも新鮮だった。

物寂しくも美しい風景にしばし見入っていると、隣にアルヴィンが立つ。

「今年は雪解けが早かったんだね。この時点でもうないのは珍しいな」

彼もまた、旅行用の丈夫なツイードジャケットに共布（ともぎれ）のウエストコートとズボンだった。ウールのコートを重ねて、ボウラーハットをかぶっている。

彼はその手にトランクを提げていた。

荷物はあらかじめ駅員に預けてある。手元に残したのは貴重品だけだ。そこには「ユニコーンの角」が入っているのだとローザは知っている。

「駅員から荷物を受け取ったら、馬車を探そうか」

「はい」

背後の汽車では、すでに荷物下ろしが始まっている。

グレイ伯爵家が住むカントリーハウス「フェロウパーク」は駅からかなり離れており、馬車でないと行くのは難しい。

ローザの役割は助手だ。荷物の番はアルヴィンに任せて、馬車は自分が探しに行くべきだろう。

そう考えていると、駅舎の向こうが騒がしいのに気づいた。

「あれは、領主様の馬車じゃねえか？」

「ほんとだ、なにか届け物があったかねえ」

ルーフェンで聞くのとは違う、なまりの強い言葉でも驚いているのがよくわかる。

するとまもなく、重そうなコートを着込み、なでつけた焦げ茶の髪にトップハットをかぶった青年が駅舎に現れた。

彼はアルヴィンとローザを見つけると、一瞬眉間に皺を寄せる。

しかし、すぐに表情を戻してずんずん近づいてくるなり、アルヴィンへ丁寧にお辞儀をした。

「遠い場所からようこそホーウィックへ。お迎えに参りました、我が主がお待ちです」

「おや君が来てくれたのか」

アルヴィンが意外そうにする横で、彼をよく知るローザは挨拶の声をかけた。

「ジョンさんお久しぶりです。とても助かりました」

ジョンは、クリフォードの従僕だ。

青薔薇骨董店にも来たことがあるし、ボタニカルアートを発端とするアヘン窟の事件では共に逃げた仲である。

寒い中でそばかすの散る頰を赤くしている彼は元気そうだ。

彼はアルヴィンをクリフォードの品位を落とす「愛人の子」として嫌っており、態度はかなり非友好的だった。

しかし今は表情は無愛想だが対応は丁寧で、かなり気を遣っているとローザには感じられた。

ローザの挨拶にほんの少し表情を緩めながら、ジョンは言った。

「外に馬車を待たせています。荷物はどちらでしょうか、運ばせていただきます」

丁寧な物言いに、ローザは面食らう。彼はローザが従業員だと知っているし、以前はかなりぞんざいに話していた。

なのになぜ……？　と疑問に思っているのはローザだけのようで、アルヴィンは納得したように頷いた。

「今駅員に受け取りに行くところだったよ。任せて良いかな」

「もちろんです」

「では、わたしもお手伝いを……」

「必要ございません」

　ジョンはローザの申し出を退けると、すたすたと駅員に聞きに行ってしまう。

　本当に良いのかとおろおろするローザは、ふと視線を感じて振り返る。

　振り返った先には地元住民らしき人々がいるばかりだ。足早に去って行ったり、荷馬車を操っていったり、子供を連れて行ったりしている。

　気のせいかと思ったローザはアルヴィンに促されるまま、馬車に乗る。

　荷物を荷台に載せ終えたジョンも乗り込むと、馬車は滑るように走り出した。

「従者くん、迎えに来てくれてありがとう。それと僕達に対する丁寧な態度もね」

「マイロードの命だからな、仕方がない。今ホーウィックはよそ者に敏感だ。無遠慮な記者のせいで、栄えあるグレイ家の醜聞が表に出てしまう、ってな。あんた達の今後を考えれば必要なことだ」

　アルヴィンが話しかけると、向かいに座るジョンはいつもの無愛想な態度で応じた。

　なんだか安心するようでローザは頬が緩んだが、話はあまり穏当ではない。

「駅で感じた視線は、わたし達を監視していたのですね」

「まあ、お前達がグレイ家の客人だとすぐに伝わるだろうさ」

「うん、今後の調査がやりやすくなったと思う。で、今のフェロウパークはあまり友好的ではないという解釈で良いのかな」

「ほんと、あんたは察しが良いというか、嫌になるほどお見通しなんだな」

ジョンはやりにくそうに顔をしかめるが、アルヴィンはいつもの曖昧な微笑だ。

「クリフォードがわざわざ顔見知りの君をよこしたということは、ある程度心得ておいたほうが良いことがあるのだろう？」

「その通りだ。と、言っても俺もよくわからないんだが……マイロードにありのまま伝えろと言われたからな」

一つ呼吸を入れたジョンは、話し出した。

「フェロウパークはお前達を歓迎はしない。アルヴィン・ホワイトの存在が外部に漏れるのを恐れているんだ。……俺はまあ、見直さなくもないが」

「つまり君を窓口にして良いということだね」

「ちょ、調子に乗るなよ！」

ぼそっと付け加えた言葉をアルヴィンに拾われて、ジョンは焦りながらも続ける。

「表立った嫌がらせはないだろうが、積極的な協力が得られるとは思うな。まあ古参の使用人は微妙に理由が違うみたいだ。緊張しているというか、怖がっているというか……」

ジョンが首をひねりながら言いよどむのを見て、ローザはクリフォードが彼をよこしてくれた理由を察した。

彼は、アルヴィンがクリフォードの兄とは知らない。

だがフェロウパークには、当時のことを知る人間がいるのだ。

クリフォードはそれを暗に知らせたかったのだろう。

ローザが隣のアルヴィンを見上げると、彼はすでに気づいているらしい。

目顔でローザを止めたので、話はアルヴィンに任せて、窓から外を眺めた。

駅前にいくつかある建物を抜けると、馬車は丘陵地帯に入った。

道は石で舗装されており、馬車はさほど揺れない。丘の向こうにも村が点在しているらしく、のどかな風景のところどころには、村の名前が書かれた立て札がある。

誰かの土地の区切りなのだろう、時折低く石が積まれた柵の間を通った。

見知らぬ土地の風景は、ローザにとって興味が尽きなかった。

「グレイ伯爵領というのはどのあたりなのでしょう？」

思わず呟（つぶや）いたローザは、ジョンが変な顔をしていることに気づいた。

「なに言ってんだ、今通（のこ）ってきた全部だぞ」

言葉の意味がうまく呑み込めず、ローザは青い瞳をぱちぱちと瞬（まばた）いた。

通ってきた全部と言われても、馬車は駅と町を越えて、丘をずいぶん走った。

まだ村にすらたどり着いていないけれど、かつてのローザのアパートから青薔薇骨董店へ通勤していたくらいの距離は走っているはずだ。

窓の外を確認しながら、ジョンは続ける。

「フェロウパークはそろそろ見えるぞ。ほら、アレだ」

ジョンが指し示したのは、針葉樹と枯れた広葉樹の森の中に見える建物だった。距離があるにもかかわらず、遠目でもその建築物が広大だとわかる。

裾には小さいながらも民家が広がっており、より広大に感じられた。

「これが、すべて伯爵様の領地……」

あまりの壮大さにローザはぼう然と呟くしかない。

ずっとルーフェンにいたローザが幼い頃に住んでいたのは、アパートの一部屋だ。そこからテラスハウスに引っ越しただけでも、身分が変わったと感じられたものだ。

けれど、これは次元が違う。

この見渡す限りの丘陵も村もすべてグレイ伯爵という一個人の土地であることに、どのような感情を抱けば良いかわからなかった。

圧倒されているローザに、ジョンはあきれつつも仕方がないとでもいうように続ける。

「いいか、忠告しとくぞ。この土地ではグレイ伯爵様に世話になっていない人間はいない。雲上の人のように遠い方々なんだ。フェロウパークに勤めているってだけで、自慢になるくらいなんだからな」

「そうだよ、だからローザも気をつけようね。この地でグレイ家は王に等しいから」

アルヴィンが言うと、ジョンが怪しむようにアルヴィンを見る。

「俺としてはお前が一番心配なんだけどな」

「おや、大丈夫だよ。僕だって調査ができないのは困るから」

ローザはアルヴィン達のやりとりを聞きながらも、もう一度窓の外を見る。

クリフォードの語っていた『責任』という言葉が、無性に思い出された。

これがいずれクリフォードが継承する土地であり――もしかしたら、アルヴィンが受け継ぐかもしれなかったものの一端なのだ。

身分の違い、というものが急に質感を伴って降りてきた気がした。


丘の下に広がる村の側（そば）を通ると、うっそうとした森に入る。

上り坂になったことで、馬車の速度も落ちた。森はまだ枯れ木が目立つが、ところどころ針葉樹の常緑が混ざっていた。きっと春になれば明るい木漏れ日を落とす美しい風景となるのだろう。

ずっと草原の丘が続いていたから、ローザはなんとなく森に閉塞感を覚えた。

「この森からフェロウパークの敷地なんだが、何代か前の領主様が村の糧になるように、と立ち入りを許してるんだ。客を招いて狩猟もするから鹿やリスも出るぞ」

「ルーフェンから出たことがなかったので、見たことがありません！」

「声が弾んでるね。ローザは動物が好きだったのかな」

「そういうわけではございませんが、普段見られないものには嬉しくなってしまって」

「お前、案外都会っ子だよな。外を眺めてたら見られるかもしれないぞ」

おかしげにするジョンの助言で、ローザは熱心に窓から外を見回した。

ふと視界の端で、ちかりとなにかが光る。

「森に、明かりが……？」

陽光ではないなにかに、ローザは目を凝らす。

そして、息を呑んだ。

女性が森の中にたたずんでいたのだ。光ったものはランタンの炎のようだ。あたりは暗いから、ランタンを持って歩くこと自体はおかしくはない。

ただ女性は、黒に近い暗色のドレスを身につけ、ヴェール付きの帽子をかぶっていたのだ。そのドレスの色が、まるで喪服のように見えた。

足場が悪いだろう森で、喪服の女性がランタンの明かりでぼうっと浮かび上がる様は、幻想的とも異様とも取れた。

彼女のヴェールの奥にある瞳と目が合った気がして、ローザは思わず身を引く。

「ローザ、どうかした？」

「森の中に黒いドレスを着た女性がいて……」

喪服と言うのはさすがに失礼だと思って色を伝えるに止める。

アルヴィンはすぐにローザが見ていた窓に視線を向けたが、馬車はすでに通り過ぎてしまっていた。

自分が見たものはなんだったのか。

ローザが動揺していると、ジョンの痛ましげな表情が目に入った。

「たぶん、それは奥様だ」

グレイ伯爵家に仕えるジョンが「奥様」と呼ぶ人は一人だけだ。

アルヴィンの表情から微笑みが消える。

「ニーアム・グレイ伯爵夫人だね」

「おそらく奥様のおっしゃる〝まじない〟のために外に出ておられるのだろう。お供も連れずに、フェロウパーク周辺の森をさまよわれているんだ。旦那様にいくら諫められてもおやめにならない」

やめない、というのは森をさまようこと以外にも、まじないについてもだろう。

ジョンは本気でニーアムを案じているようだ。

「どうしてこんなことをされるのかは、俺にはわからない。ただ魔女だなんてのは事実無根だし、子供を攫(さら)ったりしていたら使用人の俺達が真っ先に気づく。だから頼むよ、マイロードを救ったときみたいに、奥様の濡(ぬ)れ衣(ぎぬ)を晴らしてくれ」

彼の懇願は真摯なものだ。

頼まれたアルヴィンはいつもの朗らかな微笑みを湛(たた)えて答えた。

「僕は妖精について探求するだけだよ」

やがて、重厚な鉄柵の門扉が現れ、ローザ達を乗せた馬車はフェロウパークにたどり着いたのだった。

フェロウパークは小高い丘の上に建っているとは思えないほどの壮麗な建築物だった。

遠くから見てもよくわかったが、改めて近くで見ると、圧倒されるような迫力を感じる。

左右が完全に対称に造られており、中央にあるアプローチのついた正面玄関から翼を広げるように部屋が並んでいるようだ。

ローザ達が正面玄関で降りると、待ち構えていた従僕によって玄関扉が開かれる。

ホールの天井は吹き抜けになっており、見上げるほど高かった。

壁に掛けられた絵画はもちろん、随所に飾られた調度品の一つ一つが美術品としても骨(こっ)董品(とうひん)としても価値があるものであることがひと目でわかる。

ただ、ローザがそれらに目を奪われたのは一瞬だ。

ホールの隅の長椅子に腰掛けていた男性が立ち上がる。

アルヴィンと同じくらい背が高く、熟練の職人に丁寧に施された金彩のような金髪に、若い中にも落ち着きのある精悍に整った容貌をしていた。

ゆったりとしたラウンジスーツというくつろいだ服装が、彼がこの屋敷の家人であることを感じさせる。

アルヴィンの弟であるクリフォードだった。

クリフォードは安堵と申し訳なさの混じった表情で近づいてくる。

「二人とも、はるばるよく来てくれた」

「ホーウィック卿、今回は許可をくれてありがとう」

アルヴィンが礼儀に適った呼び方をすると、彼は一瞬寂しそうな顔をしたものの、すぐに表情を戻して手を差し出す。

アルヴィンと握手をしたクリフォードは、ローザにも礼儀正しく聞いてきた。

「君とも握手をさせてほしいのだがいいか？」

「これは失礼いたしました、ありがとうございます」

握手は女性から求めるのが礼儀だ。恥を掻かせてはいけないと、ローザが気恥ずかしくも手を差し出すと、クリフォードは軽く握ってくれた。

身分が低いとわかっているローザにも、分け隔てなく接してくれるクリフォードが相変わらずで気持ちが緩む。

一通り挨拶が終わると、アルヴィンが問いかけた。

「もしかして僕達が来るのを待っていたのかい？」

「本当は駅まで迎えに行きたかったくらいだ。あなたが来てくれるのだから」

クリフォードは慎重に言葉を選んだ発言をする。

扉を開けてくれた従僕の他にも、ホールの隅にメイド達がいるからだろう。

「とりあえず、荷物を部屋に運び込むまで、休憩代わりにお茶はどうだ。両親についても話しておきたいことがある。それから……例のものは」

「ここだよ」

アルヴィンがトランクを掲げると、クリフォードは好奇心と怪しみ、そしてやるせなさが混じったような複雑な表情で見つめる。

母親が求めた明らかに怪しい物品だ。そういう反応になるのは当然とも言えた。

「今、母は屋敷にいないようなのだ」

「それなら、ローザが森を歩く彼女を見たかもしれない」

アルヴィンの答えに、クリフォードは荷物を運んでいるジョンに声をかけた。

「本当か？」

「はい、おそらくは」

「そうか……なら良い。屋敷の周りを一周すれば、気が済まれるだろうから。それまで君達は旅の疲れを取ってほしい」

案内のために現れたメイドをクリフォードは手で制し、ローザ達を自ら先導してくれる。そこまでする主人に驚く使用人達にかまわず、クリフォードは正面にある階段から右手の廊下へと入っていく。

案内された応接室はすでに暖炉の火が燃やされており、暖かく保たれていた。テーブルにはサンドイッチやクッキーなど軽くつまめるものが並べられている。ティーセットは人数分用意され、銀製らしいティーケトルの注ぎ口からは湯気が見えた。もてなしの準備は完璧だ。

二人に椅子を勧めながらも、クリフォードはぽつりと言った。

「おかえりなさい、兄さん」

聞こえるか聞こえないかという小さい声量だったが、ローザにはきちんと聞こえた。

アルヴィンははちりと瞬いた。

「歓迎の言葉かな。すまないね、僕は懐かしいとはあまり思えないよ」

「いいんだ。自己満足だが、私がフェロウパークにいるあなたを見られたことが嬉しいだけだから」

泣きそうな顔で言うクリフォードに、アルヴィンは微笑もうとしたが、困ったように眉尻を下げる。

銘々が席に落ち着こうとしたところで、扉がノックされる。

クリフォードが訝しげに眉を寄せながら答えた。

「なんだ」

「当主様がいらしております」

そう声が聞こえたかと思うと、扉が外から間髪入れずに開け放たれる。

無造作に室内へ足を踏み入れてきたのは、壮年の男性だった。

細いストライプのスーツを一分の隙もなく纏い、白みがかった淡い金の髪は綺麗になでつけられていた。顔に年輪のように皺が刻まれ、人間としての深みを感じさせる苦みの走った容貌だ。現役の政治家だというが、聞かずともわかるほど全身から貫禄と存在感があふれ出ている。

その銀灰の双眸は、アルヴィンとクリフォードと同じ色彩だとローザは思った。

彼が、彼らの父エリオット・グレイなのだ。

ローザの予想通り、クリフォードは驚きのままに声をかけた。

「父さん、なぜこちらに」

「アレが来たのならば早々に話をせねばならんだろう」

クリフォードの声音に非難が混じっているのには気づかなかったように、エリオットはその銀灰の瞳でアルヴィンを捉える。

室内の空気が重苦しい緊張で満たされる。まるで空気自体が硬直したようだった。

一瞬で場を支配したエリオットは、アルヴィンを見据えて口を開く。

「お前をまたこの屋敷に迎え入れることになるとはな」

忸怩たる、という表現がこれほど似合う口ぶりもないだろう。

その口ぶりで、ローザはエリオットがアルヴィンを歓迎していないことを明確に感じ取った。

ローザがとっさにアルヴィンを見上げると、彼はいつも通りの淡い微笑を浮かべていた。

「僕は青薔薇骨董店の店主として、品物を届けに来た。代わりに今この地域で起きている妖精の噂の調査をさせてもらうよ。……むしろ、あなたが許したのは、僕に子供失踪事件とそれに関連した噂の解決を求めたからだと考えていたけど、違う？」

軽く首をかしげるアルヴィンから銀の髪が滑り落ちる。

クリフォードは父親がアルヴィンを利用しようとしていたのだと思い至り、エリオットを睨む。

エリオットはかすかに眉を顰める。

「表向きは遠方から呼び寄せた骨董店をもてなさないなど、我が家の品位に関わる」

やんわりと話の主眼をそらした。しかし、否定しないことこそが肯定だった。

「子供失踪事件の調査は許可した。だがこの地ではあくまで他人で通せ。特にニーアムには会わせん」

その要求……いや宣言に、ローザは絶句した。

ローザという他人がいる中で、アルヴィンとエリオットの関係を匂わせたのもそうだ。だが一番は、エリオットの親とは思えない要求にだった。

「ニーアムは最近ようやくましになってきたのだ。これ以上刺激して悪化させるわけにはいかん」

「父さん！　今話すべきことではないだろう！」

クリフォードが割って入るが、彼の非難にもエリオットは冷めた目のままだった。

「ニーアムがいない今がちょうど良かろう。先に言い聞かせなければ、なにをするかわからない。これは、人の情動がないのだから」

当然とばかりに語られる言葉に、クリフォードも声をなくす。

ローザは先ほどから覚えていたエリオットに対する違和感の正体を理解した。

彼に悪意はない。徹頭徹尾、相手の都合や感情を考慮に入れず、己の要求を通すことを当たり前にしているのだ。

アルヴィンの微笑は変わらないから、予想はしていたのだろう。

ただ不思議そうにする。

「グレイ夫人が、黒魔術をしていると言われてる以上に困ることはないと思うけれど」

「そのような記者の戯れ言を信じているのか。あれはただの子供だましだぞ。未だに妖精などと話しているのも、精神の平穏を保つためだ」

その短い会話の中でも、エリオットが妖精やおまじないに対して否定的なのは充分にわかった。声を荒らげないのは自制が利いていると言うべきなのだろうか。

エリオットの冷然とした態度に、ローザは震える。

言葉が通じないようにすら感じられる理不尽さに対する恐怖だ。

アルヴィンはなにもしていないのに、なぜ彼の意思は無視されるのか。

動揺して怯みかけたローザだったが、アルヴィンの横顔を見て冷静になる。

ローザは今回も彼の助手としてここに来たのだ。

ならば、自分がすべきことは。

凛と背筋を伸ばし、真っ直ぐ前を向いたローザは声を上げた。

「恐れながら、発言を許していただきたく存じます」

その場にいた三人が注目する。

特にエリオットは、はじめてローザの存在に気づいた顔だ。

ローザは冷徹な伯爵当主に向き直り、スカートをつまみ流れるように膝を曲げた。

「はじめてお目にかかります。わたしは、青薔薇骨董店従業員のロザリンド・エブリンと申します」

「……なにかね」

エリオットの関心が自分に移ったことを感じたローザは、喉に唾を送り込んだ。

「わたしどもは、奥様にご依頼された品をお届けに参りました。ですが骨董は古く繊細なものでございますし、今回は特殊な品でありますので、品物のご説明が必要となります。ご本人様に納得いただいた上でお引き渡しをすることが、当店の方針でございます」

「妖精などという世迷い言を扱う店だけあるな」

「骨董店は信用の世界でございますので」

エリオットの隠そうともしない皮肉にも、ローザは声を荒らげず冷静に言い返す。

アルヴィンの方針だ。ルビーとスピネルの違いがわからない客にも曖昧にせず、説明をした上で気に入った人に購入してもらう。

副業と称しながらも、アルヴィンは骨董の取り引きに真摯だ。

その姿勢をローザは尊重したい。

「ですが、当店店主とご夫妻に複雑な事情があることも存じております。ですので、奥様へのご説明は、わたしにお任せください」

ローザが自分の胸に片手を置いて宣言すると、エリオットとクリフォードは驚きをあらわにする。

すぐにエリオットは目を眇める。

「君は、知っていると」

「当店の店主と皆様との続き柄は正確に。それが、通常ではありえない現象だったとも」

エリオットの妖精界についての認識がわからないため、ローザは慎重に言葉を選ぶ。

それでも衝撃はあったようで、エリオットは冷えた目でクリフォードを見る。

「報告に上がってないが」

クリフォードを通じてグレイ家がアルヴィンを監視していることは知っていた。

苦みを覚えながらも、クリフォードがすべてを話していたわけではないとも知り、ローザは少し救われた。

エリオットは明らかな非難の色を浮かべていたが、クリフォードは逆に睨み返した。

「強いて報告する必要のない情報でしょう」

そのまま親子が睨み合いになりかける前に、ローザは話を本筋に戻した。

「ですが、店主の目的はあくまで妖精の調査です」

ローザはアルヴィンをアルヴィンとして扱わない、エリオットの態度が悔しい。

けれど対立しても、良い結果を生むわけではない。だから、ぐっと抑えて冷静に説得するのだ。

自分達の目的に……妖精の神秘に少しでも近づくために。

「不和をもたらすことを当店としても望んでおりません。ただ、奥様は森を散策されていらっしゃるとお聞きしました。わたしどもの目的である妖精の調査のさいに、お会いする可能性を全くゼロにはできません。その補助としてわたしが窓口になります。ご安心いただけましたら幸いでございます」

怯むことなく堂々と述べる小柄な少女を、エリオットは見下ろしたまま動かない。

しばらくして、ローザの凛としたたたずまいとまなざしから目をそらした。

「故意に会わないのなら良い。それ以外はクリフォードに一任している」

「感謝いたします」

ローザは軽く頭を下げる。

エリオットがもう一度青い少女に向けたまなざしは、奇妙なものを見る目をしていた。

しかしそれも一瞬で、これで用は済んだとばかりに去って行く。

その間、彼がアルヴィンを見ることはなかった。

開かれたドアがぱたん、と閉じたとたん、ローザの膝から力が抜けた。

その場にくずおれるローザに、クリフォードが焦る。

「どうしたのだ!?」

「申し訳ございません、気が抜けてしまったみたいです。少し休めばなんとか」

まだ脚にうまく力が入れられない気がする。

もう少し座り込んでいようと考えていたら、隣に膝を突いたアルヴィンがローザをさっと抱え上げるとソファへと下ろした。

あまりの早業にローザもクリフォードもなにも言えないでいると、アルヴィンは優しくローザの手を包み込む。

「まだ手が震えている。非友好的な男性の前で発言するのは、恐ろしかっただろう？」

アルヴィンに指摘されて、ローザははじめて自分の手が震えていると気づいた。

確かに恐怖はあった。けれど聖誕祭前の廃教会で殺人犯と対峙したときとは全く違う。

「そこまでして、グレイ夫人との接点を作らなくても良かったんだよ。クリフがいるのだし……」

実はアルヴィンはニーアムに会えないことを想定していた。

だから彼はローザに「ユニコーンの角」の知識の他、想定される質疑応答まで教え込んでくれた。この骨董についてだけは、アルヴィンの代わりを務められる。

けれどローザとしては、別の手があるから良いでは流せなかったのだ。

「怖いというよりも、悔しかったのです。あの方の、アルヴィンさんを一人の人間として扱わない口ぶりが」

「僕？」

「高貴な方がわたしのような平民と関わらないのであればまだわかります。ですがアルヴィンさんは実子のはずでしょう？　それなのに、なぜあのような人を人と思わない扱いを――……と、申し訳ありません、お父様でいらっしゃるのに」

まくし立てかけたローザは、クリフォードに悪いと気づいて羞恥と申し訳なさで言葉を切った。

顔を赤らめるローザに、クリフォードは少しほっとしたようだ。

「いいや、いいんだ。今の父の行動は目に余る。母の望みを叶えるために、兄さんへ連絡を取るよう命じたのは父だったというのに、まさかこのような意図があったとは……」

忸怩たる思いがにじんだ言葉に、ローザは軽く驚いた。

てっきりクリフォードが提案したのかと考えていたが、そうではなかったのか。

すべてはアルヴィンをこの地に呼び寄せ問題を解決させるため――と考えかけたが、なんとなく違和感を覚えた。

その違和感の正体を見極めようと考え込みかけたローザは、手が離れるのを感じて視線を戻す。

目が合ったアルヴィンは、やはり微笑は浮かべていなかったが、銀灰色の瞳にはなにかの感情が揺れている気がする。

「ともかく、だ。君にグレイ夫人の対応を任せるけれど、不安になることがあったら、すぐに逃げていいからね。調査は別の方向からでもできるのだから」

真剣な顔で諭す彼に、ローザはだんだん体に熱が戻って来る気がした。

クリフォードもソファの一つに座りながら真摯に言う。

「私も君達を呼んだからには責任がある。少なくともこの地で私とジョンは味方だ。さあ、ずいぶん遅くなってしまったが、ぜひ我が家の料理人が作った自慢の菓子を味わってほしい。君達のところの料理人のとは違うがこちらもうまいぞ」

「ホーウィック卿（きょう）が勧めてくださるのでしたら、楽しみです。今お茶を淹（い）れますね」

彼らの言葉が心強くて、ようやく気持ちが落ち着いてきたローザは、ティーポットを手に取ったのだった。

*

ニーアム・グレイ付きのメイドが呼びに来たのは、クリフォードとのお茶を終えて、部屋で一息ついた頃だった。

旅装から、完全な制服に着替えていたローザは、アルヴィンから託された箱を持ってニーアムが待っているという部屋へ向かった。

ジャケットはそのままに、スカートを流行のたくし上げを利用したデザインのものにする。仕立屋のミシェルが、最近の流行に合わせてタックの取り方を変える方法を教えてくれて手直ししたものだ。

そしてブラウスの首元には春を先取りした黄色のリボンを巻いて、カメオで留めた。

胸元に揺れる母の形見のロケットを見ながら、ローザはニーアムに対する方針をアルヴィンと話したときのことを思い返した。

彼に、自分が彼女と会うつもりはないと明かされ、ローザは確認した。

『アルヴィンさんは、それで良いのですか？』

『僕はむしろ君が悲しかったりつらかったりしないかのほうが心配だよ。今のあの人はどのような精神状態かわからないし』

『わたしは、良いのです。アルヴィンさんが難しい部分を補うのがわたしの役目ですから。ですが、お母様であるわけですし』

ひと目くらい会いたい気持ちがあるのではないか。

ローザの迷いに、アルヴィンは困ったように眉尻を下げた。

『あの人が夢幻の世界から帰って来ない限り、僕はあの人にとって「忌々しい偽者」でしかないから』

アルヴィンはいつも通りの淡い微笑だった。だからこそ、彼が表現できない感情を目の当たりにした気がして、猛烈に申し訳なかった。

せめて彼がこれ以上傷つかないように努めようと、ローザは決意したのだ。

応接室の一室へ行くのかと思っていたローザだったが、案内されたのは一階の端のほうだった。

使用人区画に近い場所ではないかと感じていると、ある扉の前で止まる。

扉にはプレートがつけられており「蒸留室（スティルルーム）」と書かれている。

メイドが許可を得て扉を開けると、ローザは草花の香りと甘く濃密な薬臭さに包まれる。

なんの香りだろうか、と思いながら室内に足を踏み入れてぎょっとする。

まだ四時頃だがすでに窓の外は暗く、室内は暖炉とかまどに入れられた火と、そこかしこに置かれたキャンドルの炎で照らされている。

中は台所を小さくしたような造りで、食器を収めた鍵付きの戸棚や作業机などが機能的に配置されていた。休憩用だろう一人掛けのソファや、使い込まれた机や丸椅子などもあり、流しの側（そば）には水瓶（みずがめ）も置かれている。

しかし、その機能的な配置よりも目につくのは、おおよそ貴婦人には縁のなさそうな奇妙な物品の数々だった。

作業台らしき机の上には、乳鉢やフラスコなどの実験器具のようなものがところ狭しと置かれていた。ローザには用途がわからない薬品瓶が整然と並べられている側には、記録を取ったらしき紙束と万年筆がある。本棚には古いものから新しいものまで様々な本が並んでいる。

窓のあたりに張られた紐には乾燥させた草花がつり下げられているし、窓辺に置かれた鉢ではいくつか植物を育てているようだ。

由緒が感じられる飾り棚の上には、男女の形を模したキャンドルや、額縁に丁寧に入れられた魔法陣や呪文が描かれた紙が置かれている。

そのような異様な空間の中心に、女性がたたずんでいた。

確かに彼女は、馬車から見た女性だ。

ろうそくの火に照らされて今は黄金色に見える髪は軽く結んで背に流し、着替えたのか先ほどとは違う黒に近い暗色のドレスを纏っている。

容貌はアルヴィンとクリフォードという、成人した子供の母とは思えないほど若さと美しさを保っていた。

理由は、その姿勢から来ているのだとローザは気づいた。

ただ立っているだけなのに、伸びた背筋や組まれた手先まで自然に神経が行き届いている。本物の貴婦人としての気品がそこにある。

静謐で、長年精神を病んでいたとは思えないほど理知的な面差しがアルヴィンを彷彿とさせた。

だが表情からは全く感情が読み取れない。腰に膨らみもない暗色のドレスがこの異様な空間と相まって、神秘的でありながら陰鬱な気配を醸し出していた。

魔女、と呼ばれてもおかしくないような。

ローザははっとその考えを振り払う。

偏見や、先入観で見ないようにしようと考えていたのに噂に引きずられかけた。ローザが動揺を抑えようとしていると、目の前の女性がゆっくりと瞬いた。

彼女から困惑に似た気配を感じた気がした。

ただそれも一瞬で、貴婦人が話しかけてきた。

「あなたが、青薔薇骨董店の方？」

完璧で美しい発音で紡がれた問いには、かすかな疑問が含まれている。

骨董店の店員にしてはローザは若く、しかも女性だ。不思議に思うのも無理もないと思いつつ、ローザはドレスをつまみ丁寧にお辞儀をした。

「お初にお目にかかります。ロザリンド・エブリンと申します。店主の名代として参りました」

長い間のあと、納得したらしい。

「……そう。わたくしがニーアム・グレイよ。そちらにおかけになって」

ニーアムに指示された通り、ローザは暖炉の側にある一人掛け用の椅子とサイドテーブルを借りる。

「それで、品物は？」

「こちらでございます」

ローザは、サイドテーブルの上に箱を置くと、ポケットに忍ばせてあった白い手袋を塡めて箱を開いた。

中に敷き詰めた緩衝材の綿を丁寧に取り除くと、現れたのは小さなゴブレットだ。

大きさはローザの片手に載るほど。本体はまろみを帯びた乳白色で、口をつける部分と脚と台は金で作られている。

さらに本体や台の部分はダイヤモンド、ルビー、エメラルド、アメジストなどの大粒の宝石で装飾されており、小さくとも豪奢なつくりだった。

だが、このゴブレットの価値は宝石類ではなく、乳白色の杯部分にある。

ローザは見た目よりも重いゴブレットを丁寧にサイドテーブルに置く。

「奥様がお求めになった『ユニコーンの角』を使用したゴブレットです」

ローザが若干緊張の面持ちで見守っていると、ニーアムはゆったりと近づいてくる。

その拍子に彼女から、ふわりと独特の香りが漂ってきた。

どこか郷愁に駆られるようなそれはカンファーだろうか、とローザは考える。

ニーアムが手に取った杯は本当に小さかった。東洋の酒杯のようにすら見える。

ローザはニーアムが杯を見ている間、周囲を観察する余裕が出てきた。

窓辺につるされている植物は、ローズマリー、マグワートなどなどハーブとして使われるものばかりのようだ。先ほど彼女から漂ってきた香りはもしかしたら自分で調合したのかもしれないと思った。

ただ、ローザはその組み合わせをどこかで見た覚えがある気がする。

ニーアムの静かな感嘆の声が響く。

「これが、どんな病も治すと言われているユニコーンの角なのね。まさか、本当に見つかるとは思わなかったわ」

その声に、なぜかかすかな切望を感じた気がして、ローザは戸惑った。

しかし、自分達は骨董店だ。商品について説明する義務がある。

「奥様、ひとつだけ断っておかねばならないことがございます」

「なに？」

「『ユニコーンの角』と申し上げましたが、実際のユニコーンではない可能性が高いのです」

ニーアムの冷めたまなざしがローザを見るが、気持ちを奮い立たせて続けた。

「奥様もただ今おっしゃった通り、ユニコーンはその角に触れたり煎じて飲めば、どのような病もたちどころに癒やすとされ、古来多くの王侯貴族が求めた品です。こちらのお品も実際にユニコーンの角としてさる貴族に献上されて、ゴブレットに加工されました」

アルヴィンから教えてもらった来歴だ。

病は貴賤関係なく等しく訪れる。流行り病が猛威を振るい、権力争いの中で混入される毒物などから身を守るため、昔は多くのユニコーンの角が売買されていたのだという。

「ユニコーンは空想上の生物ゆえに容易に見つかることはなく、販売されていたものの多くは、象牙や鹿の角、イッカククジラの角だったと言います。ですので、こちらは確かにユニコーンの角として取り引きされたお品でございますが、実際にはユニコーンの角ではない可能性もあることをご留意ください」

用意した話を言い切ったローザは、ニーアムを窺う。

ニーアムはローザからゴブレットへ視線を戻す。

その表情は不気味なほど変わらなかったが、不思議と非難も落胆もない気がした。

「偽物」を持ってきたことを頭ごなしに非難される可能性も考えて身構えていたから、ローザは拍子抜けする。

ただ、彼女の表情に自嘲や皮肉めいたものを感じた。

「けれど、これは、ユニコーンの角として使われたのでしょう」

「はい、そうです、が……」

そこでローザは、そもそもの部分を聞き忘れていたことに気づく。

「奥様はなぜ、ユニコーンの角を求められたのでしょうか」

ニーアムはほんのりと笑みを刷いた。

「あなたがまさに言ったことよ。『治せない病はない』と、聞いたから」

ローザはかすかに不安になる。誰かが、もしかしたら目の前のニーアムがなんらかの病気にかかっているのかと考えたからだ。

ニーアムは夢現をさまようような表情で、ゴブレットを虚空にかざしながら呟いた。

「幻のような病なら、同じくらい空想の治療法を試すのが一番でしょう？」

ローザは彼女がユニコーンの角などという、摩訶不思議なものを求めた理由をいくつか考えていた。

この口ぶりであると、彼女は少なくともユニコーンの角が本当にあると考えていないように思える。

「ゴブレットはいただくわ。お金は執事から受け取って」

「かしこまりました」

値段も聞かずに購入を決めたニーアムに、ローザは粛々と頭を下げる。

上流階級の金銭感覚は、ローザからすると理解ができないものだと身に染みていた。

ニーアムはゴブレットを作業台の傍らに置くと、代わりにポットを取り上げる。

「ローズマリーとラベンダー、レモングラスを煎じておいたのよ。あなたもいかが」

「では、いただきます」

お茶を淹れてくれるのか、と妙に意外な気分になりつつ、ローザはハーブティーが注がれたティーカップをありがたく受け取る。

香りをかぐと、すっと心が落ち着くようだった。

蜂蜜を入れてくれたのかほのかに甘く、ちょうど良い温度で飲みやすい。

無心に味わっていたローザは、すぐにニーアムの不思議な行動に目を奪われる。

彼女は水瓶の水で洗ったゴブレットに、ポットのハーブティーを注いだ。

そして、小さな水面を眺めていたかと思うと、ためらいもなく傾けたのだ。

一気に飲み干したニーアムは目を閉じる。

てっきり観賞用に求めたのだと考えていたローザは、ニーアムがゴブレットをさっそく使用したことに驚く。

だが、彼女の白い横顔に祈るような切実な真摯さが見えた気がした。

ローザが息を呑んで見守る中、ニーアムはゆっくりと目を開く。

胸に手を当て、なにかを確かめるように探る。

まもなく、ろうそくの揺らめく炎に照らされる横顔に、大きな落胆の色が宿った。

「やはり、だめね」

呟いたニーアムはゴブレットを置くと、すいと滑るように扉近くへ向かう。

壁に取り付けられたスイッチを押すと、リィンと、どこかでベルが鳴った。

使用人を呼ぶためのベルだろう。

そこでようやくニーアムはローザを見た。

「あなた方は、しばらくこの屋敷に滞在するのでしょう？」

「え、あの。そのつもりでございますが……」

ローザは反射的に頷いたが、ニーアムの言葉に戸惑う。

おそらくアルヴィンの存在は、エリオットが屋敷中に箝口令を敷いたはず。

クリフォードも強いてニーアムに伝えるとは思えない。

だから、ローザが部屋に現れた時点で、フェロウパークにはローザ一人で来たと考えてもおかしくはない。

けれど彼女は、「あなた方」と複数形で語った。

ニーアムはローザの想像を肯定するように続けた。

「晩餐に招待しますわ。青薔薇骨董店の店主もせっかくいらしたのだから、出席なさって。……たとえ、過去になにがあろうと、ね」

ローザはどきりとする。

ニーアムは、アルヴィンのことを自分の子と認識しておらず、夢幻をさまよっていると聞いていた。だからニーアム自身も青薔薇骨董店を誰が経営しているのか、などは知らないと思っていたのだ。

彼女が言った「過去」がなにを指すのかローザにはわからない。

それでも、彼女がけしてなにも知らないわけではないのだと理解するには充分だった。

＊

結局、ニーアムの一言で、ローザとアルヴィンは晩餐に招かれた。

広々とした食堂だった。

まっさらなクロスが敷かれたテーブルには、星形の小さな花をブーケのように咲かせるアリウムコワニーや、大輪のカトレアが飾られている。

曇り一つない銀製のカトラリーも、次々に運ばれてくる趣向を凝らした料理の数々も使用人達の熟練度の高さを感じさせた。

けれど、この場のローザには全く料理を楽しむ余裕はなかった。

ローザの目の前の席には、メインディッシュであるマトンのクランベリーソース添えを美しい所作で切り分けるニーアムがいる。

「こちらのマトンは、ホーウィックの牧草地で育てられたものですの。丘を自由に放牧して育てましたから、癖が少ないのよ」

「とてもおいしいです。クランベリーソースの酸味がよく合って……」

「ええ、よろしかったわ。クランベリーも近くの森で採れたものを保存してあったの」

ニーアムは表情こそ乏しいが、友好的にローザと会話をする。

しかし彼女の左隣の主賓席にいるエリオットは終始厳しく口を引き結んで、食事が始まってから一言も発していない。

彼女の右隣のクリフォードは、どう対応したものか迷っているのがありありとわかる。

ニーアムだけが彼らの心情に気づいていないように会話を続けているのだった。

「気楽な場として、作法などは気になさらないで良いと言ったけれど、エブリンさんにはそのような心配は必要ございませんね。どちらかで学ばれましたの？」

「基本は亡くなった母から学んで、細かいことはアルヴィンさんに……」

褒められたローザはほんの少し気が緩んでしまい、うっかりアルヴィンの名前を出してしまう。

青ざめかけたが、ニーアムは全く表情を変えずにローザの右隣に目を向ける。

「店主さんも、助手の教育に努められていらっしゃるのね。ユニコーンの角の説明も明快でしたわ」

会話の流れとしては自然だが、エリオットとクリフォードの手が止まる。

話しかけられたアルヴィンはゆったりと応じた。

「それはローザの物覚えがいいからだよ。僕は少し足りない部分を手助けしただけ」

「では、彼女が聡明なのね。花と妖精の品を取り扱う骨董店と聞いていたけれど、わたくしも勉強になりました」

アルヴィンとニーアムは表面上は穏やかに、だがあくまで他人として会話をする。

すべての事情を知っているエリオットやクリフォードのほうが身構えているほど。

家族が何十年ぶりに一堂に会したとは思えず、おおよそローザの知る家族との温かな食事風景とは程遠いものだった。

このような張り詰めた空気の中で、食が進むわけがない。

とはいえ、このまま沈黙を通すのも息苦しかったローザは、なんとか話題を探そうと視線をさまよわせる。

自然ニーアムに目が行き、ふとその皿の盛り付けに違和感を持つ。

同じ骨付きのマトンを茹でてソテーしたものに、赤いクランベリーソースがかかった一皿だったが、付け合わせが違う。

皿を見直し、アルヴィンやクリフォードの皿とも見比べて確信したローザは問いかけた。

「奥様は、カブがお好きなのでしょうか？」

彼女の皿には焦げ目をつけた葉付きのカブがある。

ローザを含め他の面々にはマッシュポテトだったから、彼女のものだけだ。

思い出せばスープにもカブが添えられていたはず。

ただの世間話のつもりだったのだが、なぜかニーアムはうっすらと微笑んだ。

「いいえ、これはまじないなの。わたくしの望みを叶えるためのね」

平穏を保っていた薄氷が、とうとう割れたような気がした。

カチリ、とカトラリーを操る手が止まる音が響く。

不作法なはずではあったが、誰も咎めることはない。

手を止めたのはエリオットだ。

今まで沈黙していた彼が、ニーアムに視線を向ける。

お互いを空気として扱っていた二人が、はじめて視線を交わした。

「ニーアム、客人にまでそのような話をする必要はないだろう」

「あら、わたくしの奇行を止めるために、外に出した取り替え子まで呼び寄せるなんて、あなたも滑稽ですわ」

ニーアムの明らかな揶揄にローザは息を呑むしかなかった。

取り替え子という単語は知っている。

妖精が美しい人間の子を攫い、代わりに醜い自分の子を置いていく現象のことだ。

ローザはニーアムがあまりにも自然にアルヴィンと会話をしていたから、追い出した子だとすら覚えていないのかもと考えていた。

しかし、アルヴィンを取り替え子と称したからには、ニーアムはわかっていて会話していたのだ。

しかもエリオットの思惑まで見抜いていた。

室内の空気がさらに一段冷えた気がした。

クリフォードもグレイ夫妻の会話には入れないようで、石のように固まっている。

眉間に皺を寄せるエリオットは不機嫌なように見えた。けれど、銀灰の瞳には様々な複雑な感情が渦巻いているように、ローザには感じられた。

「そもそも、お前が馬鹿げた行動を止めればこのようなことはしなかった。子供の失踪のみであれば、どうとでもなったものを……」

押し殺した声には、吐き捨てるような色が混じっている。おそらく、それがエリオットの本音なのだろう。

しかしニーアムはエリオットに微笑んだ。

「あなたが離婚に承諾さえしてくだされば、まじないなんてすっぱり止めますわ」

いっそ不気味なほど晴れやかなその笑顔に、ローザ達は凍り付くしかなかったのだった。

三章　魔女の呪いと妖精の輪

　ニーアムの奇行はすべて、エリオットに離婚してもらうためだった。

『わたくしの評判が悪くなれば、離婚の大義名分になるでしょう？　魔女と呼ばれるような悪辣な妻なんて、充分だと思いませんこと？　ようやく記事になったのに、ずいぶんと忍耐強くいらっしゃるのね』

　エリオットは苦々しげな顔をするが、しかし首を横に振る。

『……離婚はしない。話はこれで終わりだ』

『では、わたくしもこのままですわ』

　それ以降、晩餐が終わるまで、エリオットとニーアムの視線が絡むことはなかった。


　波乱の晩餐会の翌朝。

　ローザとアルヴィンはフェロウパークから一番近い、麓の村に向かっていた。

　予定通り、連続子供失踪事件の調査のためだ。

　屋敷から歩けない距離ではなかったものの、ジョンが普段、使用人達の足に使われているという馬車を出してくれた。

空は雲が多いが晴れていて、道には時折雲の陰がかかる。

ルーフェンのように、どこからか汚臭のにおいもしないし、石炭を燃やした煤もない。

冬の澄み切った空気は素晴らしく、深呼吸をしたくなるすがすがしさがある。

どこかで子供達が遊んでいるのか、風に乗って幼い歌声が聞こえてきた。

「……──かわいい金と真鍮の男の子
夕焼け黄金に紛れたら　見分けが付かない仲良しこよし──……」

ルーフェン市民が憧れるような、のどかな風景だ。

そんな風に思う傍ら、ローザはなんとも言えないもやもやを覚えていた。

もちろん洞察力に長けているアルヴィンが気づかないわけがない。

「やっぱり、昨日の会話が気になっているのかな」

「はい……」

うつむいたローザは力なく認めた。

父親であるエリオットが、グレイ家から追放したアルヴィンを利用するために招いたこと。

そして母親のニーアムが、自分の子であるはずの彼を他人として扱う様を目の当たりにした。

どちらもアルヴィンを巻き込んだのに、自分のことばかりで彼の意思を尊重しない。

そんなやるせなさと理不尽さに対して、ローザはどうにもできない無力感を持て余していたのだ。

アルヴィンは昨夜と同じく、至って平静な口ぶりで答えた。

「僕達の目的は、あくまで子供失踪事件……ひいては妖精の調査だ。あの人達の思惑があったからこそ調査に来られたのだから、ある意味幸運だったとも言える。たとえ彼らが争っていたとしても、僕自身はそれ以上の興味はないんだよ」

ローザが見上げたアルヴィンは、本心から言っているように思えた。

少なくとも苦しさや葛藤などは覚えていないようだ。

そうであるならば、赤の他人であるローザが言えることはなにもない。

「アルヴィンさんがそうおっしゃるのなら……」

「ただ、あの二人の態度は人間として褒められた振る舞いではなかったと僕が認識できたのは、君が理不尽さを覚えてくれたからだろうね」

もやもやを胸一つに納めようとしていた矢先に、アルヴィンに続けられてはっと顔を上げる。

彼は少しだけ眉尻を下げていて、申し訳なさそうに見える。

「本来なら、クリフのように君に対して羞恥や謝罪の気持ちを覚えるものなのだろう。確か格言にもあったね、『夫婦喧嘩は犬も食わない』ものだって」

まさかアルヴィンの口から、そのような世俗的な格言が出てくるとは思わなかった。

ローザが目をぱちくりと瞬いていると、アルヴィンがすっと覗き込んでくる。

「あ、よかった。気が紛れたみたいだね。冗談ってこういうことで良いのか」

「アルヴィンさん流の冗談だったのですか」

「うん。君が本調子でないのは、僕は嫌だなあと思うから」

アルヴィンはあどけない子供のような言葉を返す。

「彼らのせいで瞳を曇らせてほしくはないな」

彼の銀灰色の瞳が迷子のように揺れているのを見つけて、ローザは無意識に握りしめていた手をほどいた。

ローザがしっかりしなければならないのに、気を遣わせてしまったのは申し訳なかった。

アルヴィンが己の心よりも、ローザを優先してしまっているかもしれないのだから。

相手の心を信じるのは、これほど不安で難しいことだったのかと改めて実感した。

それでもアルヴィンの言葉の一つ一つに温かさが満ちているように感じられて、ローザの気持ちは和らいだ。

少なくとも、今彼の心は傷ついていないように思えて、ローザはアルヴィンの優しさを嬉しいと感じている。

だから今は彼の気遣いを素直に受け取ろうと、ローザはアルヴィンに微笑んだ。

「ありがとうございます、アルヴィンさん。では妖精の調査ですね」

「そういえばローザは野外調査ははじめてじゃないかな」

「はい。まずはどのようなことをするのでしょうか」

「調査にあたって重要だと思っていることがいくつかあるんだ。なにせ対象は人の記憶と口伝だから」

気持ちを切り替えたローザが明るく声を張ると、アルヴィンは朗らかに説明し始める。

「あくまで僕達は彼らの日常に干渉する異邦人だというのを忘れずにいること。調査対象に対し誠実であることを忘れないことだ。それから――……」

妖精を追い求める彼の行き着く先を思うと不安だ。

けれど、彼が妖精に向き合う姿勢は好きだ。

ローザは微笑みながら相づちを打つ。

「アルヴィンさんは、今までそのようにして調査を円滑に進めてこられたのですね」

「実は三回に二回くらいは相手を怒らせてしまうんだよね」

ちっとも困っていない顔でしみじみと答えられ、ローザの微笑みは苦笑いに変わった。

やがて村が見えてきた。

ジョンは夕方頃に迎えをよこすと約束して、来た道を戻っていった。

家屋は通り沿いの木々に埋もれるように点々と建っている。

家のデザインは統一されているようで、皆赤みがかった砂岩の壁で造られていた。

ローザ達がいるのは村の大通りだろう。ルーフェンのようにひっきりなしに馬車が通ることもなく、のんびりと馬が引く荷馬車が通り過ぎるだけだ。

説明時には不安になったが、アルヴィンは長年調査を一人でこなしているだけあった。

彼はさっそく通りを歩いていた主婦らしきふくよかな女に声をかける。

「ねえ、よければ話を聞かせてもらえないかな」

「な、なんだいよそもんに話すことなんて……」

「僕はグレイ伯爵に招待されてフェロウパークに来たんだ」

明らかに不審者を見る目つきだった女が、アルヴィンが畳みかけた言葉に目を丸くするなり態度を一変させた。

「あら昨日グレイ伯爵様んところに来たお客様でしたか。これは失礼を……！」

警戒を解いて腰が低くなる女を、アルヴィンはいつもの朗らかな調子で制した。

「かまわないよ。僕はただの妖精学者（フェアリースコラー）だからね。この村で起きている子供失踪事件について調査しているんだよ。妖精が関連しているというからね」

「妖精の学者様……？」

困惑顔になる女に、アルヴィンは自身が妖精であるかのように美しく微笑む。

「そう、僕は妖精の噂について原因を解明したいと思っているんだ。妖精と子供の失踪がなぜ結びつけられたかご存じかな」

「それは、まあ少しは……村なんて小さいものだしねえ、この間もヘイル婆さんの所の孫が……」

まだ喋るのには抵抗があるのか、言いかけて口をつぐんだ女は、アルヴィンの秀麗な顔に覗き込まれてひっと息を呑む。

「あなたは僕が求めるものを持っているようだ。もし時間があれば、お茶をしながらお話でもいかがだろうか」

まるで御伽話の王子のような美しい容姿をした銀髪の青年に恭しく手を差し出され、女は少女のように顔を赤らめる。彼女は完全にアルヴィンのペースに呑まれていた。

「ああいやだねえ、こんなおばちゃんに。そうだねちょっとくらい……ああそう！　ティールームなら誰かしら知ってるやつもいるだろうしね！　さあこっちだよ」

張り切って歩く女に、ローザはあっけにとられながら、傍らのアルヴィンをこっそり見上げる。

「なぜか、ご婦人に対する成功率は高いんだ」

「久々に実感いたしました」

店だと日常ではあったが、外でもかなり役に立つようだ。

ローザが素直に認めると、アルヴィンの笑みが少し得意げになった気がする。

ふふと笑ったローザは、こちらを振り返る女に気づいた。

「でも妖精が出てきた原因は、もうわかってるようなもんだよ」

「おや、なんなのかな」

興味を示したアルヴィンを、女は内緒の話をするように手招きする。

ローザ達が二人で近づくと、特別な秘密を打ち明けるように囁いた。

「決まっているだろう？　伯爵様を誑かす魔女……グレイ夫人さ」


日が陰ってきた頃、ローザ達は森の付近にある石垣に腰掛けて休憩していた。

ティールームでは皆協力的に……主に女性達が率先して話を聞かせてくれた。

すでに「フェロウパーク に来た客人」を知っている者が多数で、グレイ伯爵の客人なら、と友好的だったのだ。

『明日にはもう全員が知ってるだろうから、学者さんが魔女を捕まえてくれるって広めとくよ！』

と、村人の一人が請け合ってくれた。

少し苦い気持ちが混じったものの、失踪事件の概要は摑めた。

ローザと同じく石垣に腰掛けるアルヴィンは、聞いた話をノートに熱心にまとめながら言った。

「はじめに失踪事件が起きたのは、雪が残る約二ヶ月前。失踪したのはハイマン家の次女マリア六歳。兄弟達と森の近くで遊んでいたところを姿を消した。翌日、森の中で一人倒れているところを発見されるも、本人はなにも覚えていないと証言。次はロバーツ家の長男ダニエル五歳だ。親が森で仕事中、目を離した隙に行方不明に。これも丸一日後にフェロウパーク付近の沢近くで発見されている。他にも下は四歳から上は八歳まで、性別問わず計七人が類似した条件で失踪している。直近の失踪者は、八歳の少年ジョシュア・ヘイル。事件になるのは時間の問題だっただろうね」

「単に子供が時間を忘れて遊んでいたというには不自然ですものね。……ただアルヴィンさんのお話を聞いて、マリアさんのお母様が安心していらっしゃいました」

ローザは、ティールームで会った失踪した子供の一人マリアの母に思いを馳せる。

彼女は娘になにが起きたのかわからず強い不安を抱いていた。だが、アルヴィンの理路整然とした説明を聞く内に強ばった表情が和らいだのだ。

子供達は、寒い時期に長時間外にいたせいで風邪を引いたなどはあったが、無事に戻って来てはいる。男の子などは次の日にはけろっとした顔で遊び回っているほどだという。

しかし戻って来たとしても、親の後悔は変わらないのだ。自分がよく見ていなかったから、自分が注意しなかったから、大事な子供を失うところだった。

たった数時間の行方不明ですら、親は恐怖を覚えるものなのだ。

マリアの母の青ざめた顔は、ローザにも彼女の胸中を感じさせるには充分だった。

――ならばニーアムは、子供がいなくなった七年、なにを考えていたのだろう。

思いを馳せかけたローザは、アルヴィンの声で我に返った。

「本人にもその後森に行きたがる以外は、変わった様子がないからね。いつも通り話しただけだよ」

「それでもアルヴィンさんが言葉を尽くしてくださったおかげで、マリアさんのお母様は納得できたのですよ」

アルヴィンは不思議そうにゆっくりと瞬くが、ひとまずは納得したようだ。

ローザは気を引き締めた。これだけの被害者がいるのだ、今は調査にだけ集中しよう。

その決意が伝わったわけではないだろうが、彼は話を戻した。

「さて、この時点で重要なのは、記憶が曖昧な失踪者達が唯一覚えていたのが『光の輪』だったことだ。これを根拠に、村人達は一連の失踪を昔から伝わる妖精の仕業……『妖精の輪（フェアリーリング）』に入ったせいだとしたわけだね」

彼の探究心は真っ直ぐだ、と眩しい気持ちになりながら、ローザは問いかけた。

「そもそも妖精の輪というのは、どのような現象なのですか？」

「妖精の輪というのは、草原や森などで、突然円状に草が枯死した跡が見られたり、逆に植物やキノコが異常に繁茂して円に見える現象のことだよ。跡ができるのは、妖精が踊り明かしたからとも、それこそ妖精界への入り口だとも言われているんだ」

ローザは突如として出てきた具体的な情報が繋がらず、顎に手を当てて悩んだ。

「妖精界へ繋がる道……ですが、アルヴィンさんが妖精界に行ったのはコインを拾って、でしたよね。アルヴィンさんに覚えがないのでしたら、今回の件とアルヴィンさんが迷い込んだ現象は別の事柄なのでしょうか」

この地で妖精に遭遇したアルヴィンの証言を手がかりにするなら矛盾している。

だがしかし、アルヴィンは長い脚を持て余すように組み替えながら言った。

「確かに覚えはないけれど、結論を出すのは早計だ。僕はこの地に伝わる『妖精の輪』の話をはじめて聞いたのだからね」

「それもそうですね……？」

同意したローザだったが、形容しがたい奇妙な違和感を覚えた。

アルヴィンが妖精の輪の事象を「はじめて聞いた」と言うのが不思議に思えたのだ。

妖精界に行く前に「妖精のコインは返さなければならない」と知っていたのに？

ローザが考えている間にも、アルヴィンは銀灰の瞳を輝かせながら続ける。

「口伝で伝わる民話や伝承は、人に受け継がれるごとに話が変わってしまうから、必ず複数のサンプルと比較すべきだ。それでも、この森自体に妖精の逸話が残っていたのは驚きだったね」

「ご婦人達が話してくれたのは、『森で地面に光の輪を見たら、妖精の輪だから入ってはいけない。入ったら妖精に攫われて戻って来られなくなるから』でしたね」

ひとまず自分の違和感を脇に置いてローザが纏めると、アルヴィンは力強く頷いた。

「実際、昔から子供達だけで森に入るのは禁じられていたようだね。理由は散逸してしまったようだけれど……少なくとも、この森にはなにかがある」

アルヴィンにつられて、ローザも背後の森を振り返る。

森の木々は風にそよぎ、濃厚な腐葉土と水の匂いを運んでくる。

穏やかそのもので、変事が起きている気配は微塵も感じられない。

妖精の逸話が息づく森は、ただそこにある。

夕暮れにさしかかり、木々の陰の色がより濃く見えた。

気味悪く思えてもおかしくないのに、ローザはなんとなく慕わしさすら感じて我知らず見入る。

ぱたん、とアルヴィンがノートを閉じる音が響いた。

「明日はなるべく完全な形で伝承を覚えている人を探そう。できれば実際に失踪した子供に話を聞いてみたいね」

「そうですね。村の方も協力的ですから、ご紹介してくれるかもしれません」

「いつもなら、数日かけて信用を勝ち取っていくんだけどね。やはり共通の外部の敵がいると村人は団結するようだねえ」

アルヴィンがしみじみと言ったことに、ローザは顔が曇ってしまう。

村の女性達に話を聞いている間ずっと黙って抱えていたものを、なんとも言えない気持ちで吐き出した。

「本当に、妖精の輪が出現したのは、グレイ夫人が黒魔術を行ったせいだと思っている方ばかりでしたね……」

そう、妖精の輪で子供達が失踪したと話してくれるのと同じくらい、グレイ夫人――ニーアムのせいだという話が出てきたのだ。

皆口調は軽かったものの「グレイ夫人をなんとかしなければ騒ぎは収まらない」と信じ切っている節があって、ローザはそれが不気味だった。

「まあ、三人目以降失踪した子供を見つけたのがグレイ夫人だったんだ。村人が関連を疑うのは自然な成り行きだよ」

「ですが、この地域の方はグレイ伯爵家を敬愛されているのですよね。なのに奥様であるグレイ夫人が責め立てられるのは不思議です。お話を聞いても、わたしには奥様が単純に森を歩いている間に、偶然倒れていた子供を見つけたようにしか感じられなくて……」

実際三人目の子供を助けた当初は、村人達はニーアムに感謝していたのだ。

しかし、四人目五人目と続いていくうちに、彼らはニーアムを疑うようになった。

『きっと奥様が悪い魔術で自分の子を取り戻すために、村の子を攫ったんだよ。見つかる前に戻しに来たのをあたし達に見つかったから、助けた振りをしたに違いない！』

ローザにはめちゃくちゃな結論に思えたのに、ティールームに集まった女達は誰一人としてその主張に異論を唱えなかった。それでいて、グレイ伯爵は変わらず敬っているのだ。

アルヴィンはローザの物憂げな表情をじっと見ながら同意した。

「君の疑問はもっともだ。僕もあの村人達の結論には多くの矛盾があると考えている。けれど人は未知の事案に、どうにかして納得できる説明をつけようとする傾向があるんだよ。安心するために、ときとして荒唐無稽な結論を導いてしまうんだ」

「どういうことでしょうか？」

「例えば……そうだな、バンシーの正体について覚えている？」

ローザは不思議に思いながらも頷いた。

「はい、見えないところにあった伝声管から聞こえた、アメリアさんの泣き声でした」

「でもはじめて聞いた君は『やっぱり何かいるのでしょうか……？』と怯えて、別のなにか――バンシーへと関連付けようとしていた」

「あ！」

思い至ったローザが口元に手を当てる。

「君と僕がこれまで遭遇してきた事件ではよくあることだった。妖精という現象は、自分達の常識では量れない事象を説明するために利用されることもある。逆もまたしかりだ」

「つまり、この村の方々は理解できない『妖精の仕業』の原因をたまたま現場にいらっしゃったグレイ夫人に押しつけた？」

「……たまたまかどうかはまだわからないけどね」

アルヴィンはまだ気づいていることがあるようだったが、それはひとまず置いて続けた。

「人は、とりあえず自分を納得させることで、不安や恐怖をコントロールしようとする。さらに『グレイ伯爵様を救う』という大義名分を掲げることで、自分達は正しいことをしていると考えられるようにしたんだろうね」

ローザは朗らかだった村人達の、無邪気な正義感の正体を垣間見て背筋が震える。

恐ろしさを感じていたとき、アルヴィンにすいっと覗き込まれた。

「それよりもだ、君はニーアム・グレイに対し感情移入しているかい？」

ローザはそう聞かれてどきりとした。

急に後ろめたさが募ってくる。とっさに否定しようとしたが、アルヴィンの銀灰の瞳は確信しているように感じられて、ローザは諦めた。

「……わからないのです」

「おや、そうなのかい？」

意外そうにする彼に、こくんと頷きながら、ローザはそっと己の胸元に手をやる。

「あの方は、アルヴィンさんを不当に扱った人で、その振る舞いは理解できませんし、理不尽さを覚えています。けれど……けれどここまで悪しざまに言われるような人ではないとも感じていて……」

ニーアムはアルヴィンを拒絶した人だ。また彼を傷つけるような言動をするかもしれないと、ローザは身構えてこの土地に来た。

実際に会った彼女は、アルヴィンを他人として扱い、本来の彼と向き合わない。

けれど同時に彼女はただの女性で、理不尽な理由で村人に悪者にされている。

同情する部分と、承服しがたい部分が複雑に絡み合って、ローザは己がニーアムにどのような感情を抱いているのか見失っていたのだった。

揺らいでしまう自分が後ろめたくてローザは胸元を握りしめる。

そんなローザをじっと見つめていたアルヴィンは、不思議そうな……それこそ困惑の色を見せた。

「表情の強ばりや眉間に力が入っているから、君はとても罪悪感を覚えているように思える。けれどグレイ夫人に同情することが、どうして君の罪悪感を刺激するのかな」

「それは、幼いアルヴィンさんを追いやった方ですから……」

「もしかして君は相手に同情することが、僕に対しての裏切り行為だと考えている？」

もやもやとした後ろめたさが形になって、ローザははっとする。

アルヴィンは、ローザの表情で肯定と受け取ったのだろう、少しだけ表情を緩めたものの、やはり不思議そうに続けた。

「ローザが僕の味方になってくれることと、ローザ個人の感情は別の事柄だろう？」

本当に、あっけらかんとした態度で、ローザは混乱した。

「アルヴィンさんは嫌ではありませんか。その、わたしが迷ってしまうことが」

「ローザは嫌なの？」

逆に問い返されて、ローザは改めて思いを巡らせる。

「悲しくはなるかもしれませんが、それでアルヴィンさんを嫌うことはありません」

「そう、君は悲しくなってしまうのか。けれど僕としては、君の感情と僕の感情は違うのは当たり前のことだ。だから、君の感情は君が好きにすべきだと考えているんだよ」

ローザがぽかんと見上げると、アルヴィンは目元を緩める。

「あ、表情が明るくなった。君が感じる懸念を和らげられたのなら、僕の感情がないのも役に立つものだね」

アルヴィンは石垣から腰を浮かせて立ち上がると、大きく伸びをする。

そんなアルヴィンの仕草に、ローザは温かな気持ちが込み上げ、思わず頬が緩んでしまった。

自分がアルヴィンの心を見つけて拾うのだと思っていたけれど、ローザだってアルヴィンを通じて自分を見つめ直せている。

この温かな気持ちを失いたくないな、とローザは思った。

「ありがとうございます」

「どういたしまして？　さてそろそろ帰ろうか。迎えは村の前に来るはずだけど……と」

不思議そうにするアルヴィンが、周囲を見渡したところで、道の向こう側から荷馬車が走って来た。

その荷馬車はローザ達の前でゆっくりと止まると、御者台に座る壮年の男性が話しかけてきた。作業着姿であることから、このあたりで一仕事終えてきた住民だろう。

「おやぁ、お前さん達が森から妖精を追い出そうとしてる学者かい？」

ローザはずいぶん大げさに広まっているようだと苦笑いになるが、アルヴィンは嫌な顔一つせず朗らかに応じる。

「こんにちは、僕達は妖精の輪を解明しに来ただけだよ。話を聞かせてくれるのかい？」

「おうもちろんだ、あの魔女を懲らしめてくれるんなら喜んで協力するさ！」

にっかりと笑う男の言葉に、ローザは心の苦みが強くなるが、後ろめたさは和らいでいた。

今はまだわからないけれど、きちんと向き合って答えを出そう。

ローザが心に決めていると、壮年の男はアルヴィンとローザにこう言った。

「フェロウパークに帰る足を探してたのなら送って行ってやろうか」

「それは助かるね。ローザ、お世話になろうか」

「はい、ありがとうございます」

ローザが男に向けて頭を下げると、男は照れくさそうに帽子を上げた。

「こんな貴族みてえな人を乗せたことたあないが、ゆっくりしていってくだせえ」

アルヴィンは荷馬車の後側板の金具を外し、軽やかに飛び乗ると、ローザに手を差し伸べてくれた。

ローザも片手でドレスをたくし上げてアルヴィンの手を握る。

その間にも壮年の男は喋り続けている。

「次の子供がいなくなっちまう前に魔女を捕まえてほしいからな。あんた達は伯爵様ともお話しできたんだろう？」

「まあ、この調査の許可は貰ったよ」

アルヴィンが当たり障りのない返答をしても気にせず、男は真剣な顔で振り返る。

「じゃあとっくと言っといてくれよ、あの魔女は絶対黒魔術で子供を惑わしてるんだからな。二十一年前に自分の子供がいなくなったときだって、あの魔女が邪魔者を消そうとしたのかもしれねえってのは村人みんなが思ってることさ。でなければ、あの魔女が歩いていた場所で子供が見つかるわけがねえって」

どうやらこの男は、よほどニーアムが魔女だと主張したいようだ。

その熱心さにローザは圧倒されてしまったのだが、アルヴィンはなにかが気になったようだ。男のほうににじり寄った。

「ねえ、夫人が歩いていた場所で子供が見つかったって一体どういうことだい？　それに、二十一年前に彼女が邪魔者を消そうとしたって……っと」

アルヴィンは荷台にあった縄に躓(つまず)き、かくんとつんのめった。

頭が下がったとたん、アルヴィンの頭上をなにかが通り過ぎていく。

「全く伯爵様がどうして離婚しないのかわからな……だぁっ!?」

ローザがあっと思う間もなく、そのなにかは振り返った男の顔面にぶつかった。

べちょり、と音を立てて落ちていったのは、匂いからして馬糞(ばふん)だ。

幸運にも避(よ)けられたアルヴィンも、見守っていたローザも、不幸にも当たってしまった男もぽかんとする中、甲高い声が響いた。

「ニーアム様は魔女じゃねえ！　悪く言うな!!」

ローザが声のほうを振り返ると、腕を振り抜いた格好の少年がいたのだ。

小柄な体格からして、7歳にはならないくらいだろうか。痩せぎすな体軀を、ぶかぶかのシャツとズボンに包んでいる。特にズボンはサスペンダーで吊り、裾を何重にもまくっていた。

夕焼けに照らされる髪は金色で、そばかすの散る顔は夕焼けに紛れてもわかるほど怒りで紅潮していた。

ローザは少年の表情に、義憤だけではない怒りがあるのを感じた。

顔を拭い、ようやく自分がなにをされたか理解した男は、ものすごい勢いで怒鳴る。

「ジョシュア！　この悪たれめ!!　ヘイル婆さんに言いつけるぞ！」

ジョシュアと呼ばれた少年はその剣幕に一瞬怯むが、男に対して歯を剝き出しにすると風のように逃げていく。

怒り心頭の男は御者台から飛び降りるなり、少年を追いかけていった。

荷馬車に置き去りにされてぽかんとしていたローザは、アルヴィンが興味深そうにしているのに気がついた。

「アルヴィンさん？　どうかされましたか。馬糞が付いてしまったりとか……」

「それはないのだけど。ジョシュア……ジョシュア・ヘイルか。おそらくあの子がつい最近失踪した子供だよ」

驚いたローザがアルヴィンを見上げると、彼は目を細めて少年達を追っていた。

＊

翌日、ローザ達は再び村に来ていた。

アルヴィンは昨日と同じような出で立ちで。ローザはいつもと同じようにアルヴィンの荷物を持ちつつ、もう一つ籠を提げていた。

ティールームに顔を出したあとに向かったのは、子供の遊び場である丘だった。

春が近づいているのを感じさせるように、丘には枯れ草の間から新芽が顔を出しており、柔らかな緑に染まっていた。

遠くに見える森の緑が深いだけに、より緑が初々しく見える。

そんな丘で、子供達が唄いながら遊んでいる。

「……——妖精の輪っかに入ったら　仲良くふたりで消えちゃった
　あなたは私　私はあなた　かえってきたのはどちらの子——……」

この地域に伝わる童謡なのだろう、ローザの知らない歌だったが、どこか懐かしさを覚えるメロディだ。

子供達が楽しげにする中で、一人森のほうへ歩いていく小さな人影がある。

昨日の少年、ジョシュアだ。

見晴らしの良い丘のため、彼の行動はすぐに他の子供達に見つかった。

「おーいジョシュ！　そっちは森だぞ！」

「また妖精に攫われちゃうよ！」

口々に言う子供達に、ジョシュアはいらだちのまま振り返る。

「いいんだよ！　邪魔すんな！」

「なんだよ親無しっ子のくせに！」

「お前取り替えっ子なんだろ！」

「魔女に黒魔術をかけられたんだな！」

「やーいやーい」

「こんのっ……！」

はやし立てる子供達にジョシュアはたちまち顔を紅潮させると、素早い身のこなしで子供達に掴みかかろうとする。

このままでは喧嘩に発展してしまうとローザは狼狽える。

するといつの間にか近づいていたアルヴィンが、子供達の間に割って入ったのだ。

「やあ、君達こんにちは。今妖精の話をしていたね」

都会の雰囲気を纏った銀髪の美しい青年の登場に、子供達は虚を突かれる。

ジョシュアも一瞬怒りを忘れたようで立ち止まった。

アルヴィンは子供達の戸惑いなど全く関係なしに話を続ける。

「今唄っていたのは、この地域の遊び歌かな？　妖精の輪っかに……というフレーズが聞こえたけれど、もしかして森にまつわるものだったりする？」

「あ、うん……」

「素晴らしい！　僕は妖精の輪について調べに来た妖精学者なんだ。お近づきの印に、このお菓子を貰ってくれないかな」

アルヴィンの言葉を合図に、ローザは手提げ籠に入れてきたお菓子の包みを差し出す。

昨日のうちに、フェロウパークの料理人に頼んで作ってもらったものだ。

子供達と打ち解ける切っ掛けにするために、お菓子を配ろうとローザが提案した。

目論見通り、子供達はお菓子と聞くなり目の色を変えた。

「お菓子!?」

「くれるの!?」

先ほどまでの怒りなど忘れてお菓子に群がってくる。女の子はローザのバッスルスタイルのドレスに興味津々のようだ。

「わあ！　お人形さんみたい！　かわいい！」

「ありがとうございます」

「お姫様みたいなしゃべりかただ！」

喧嘩に発展しなくて良かったとローザは思いつつも、一人遠いところで立ち尽くしているジョシュアをちらりと窺う。

「あなたもいかがですか」

試しにローザが声をかけてみると、ジョシュアは物ほしげにしたが、すぐにぎゅっと表情を怒りに戻す。

「施しなんて受けるか！　ニーアム様を魔女って言うやつはみんな敵だ！」

そのまま身を翻そうとするジョシュアだったが、アルヴィンが彼の前に立ち塞がった。

「おや、いつ僕がグレイ夫人を魔女だなんて言った？」

身長の高いアルヴィンに見下ろされてジョシュアは怯んだが、ぐぐっと胸を張る。

「だ、だっててめえら妖精の輪を調べて、ニーアム様を捕まえに来たんだろ⁉　おれは助けてもらったって言ったのに村の連中は『黒魔術だ』って決めつけて……」

「いいや、僕達は妖精の輪を解明しに来ただけだよ。誰も裁く気はないし、今のところグレイ夫人は単純に森を散策しているだけだ。むしろ君がどのような体験をしたのかとても興味がある」

「えっ」

戸惑うジョシュアを、アルヴィンは腰を曲げて覗き見た。

「僕の調査に協力することで、君の主張を周囲に認めさせられるかもしれないよ。君が遭遇した黄金の輪について、ぜひ話を聞かせてくれないかな？」

ごくりと唾を飲んだジョシュアは、こちらを見ている子供達に気づくと眉を寄せる。

「ここ以外なら、いいぜ」


子供達と別れ、ローザ達はジョシュアの案内で森に入った。

幸い、今日は森歩きも考慮に入れていた。ローザはしっかりとしたブーツで足を固め、スカートも充分たくし上げられるもので来たから問題ない。

ルーフェンで生まれ育ったローザには、下生えが足に絡み、一歩進むごとに足が沈み込む腐葉土は新鮮だった。

枝で頭上が遮られているのも相まって、まるで現実ではないような気がしてくる。

正直、いつものようには歩けなかったが、前を行くジョシュアは猫のような身のこなしでよどみなく進んでいく。

帽子が木立に攫われかけたのを押さえたアルヴィンは、感心の声を上げた。

「ジョシュアは森を歩くのにとても慣れているのだね」

「こんなんでへばったのか？　高貴な方々ってのはけっこう弱いんだな」

挑発するようなジョシュアの口ぶりは、普通の大人だったら少々カチンとくるだろう。

だがアルヴィンは涼しい顔で受け流した。

「いいや？　森への立ち入りは禁止されていると聞いていたから、君の足取りに迷いがないのが意外だったのだよ」

ジョシュアは期待が外れたというような顔をしたが、今度は大人しく答えた。

「村の子はな。おれは親無しだから、だめって言う人いねえもん」

「では、今はどなたと住まわれているのですか」

この年齢なら一人で暮らしているわけではないだろうとローザは思いながら、ふとジョシュアの髪に目がいく。

彼の髪は昨日は金色に見えたが、昼間の薄暗い森の中だと淡い茶色だ。

案外見間違えるものだなと考えていると、ジョシュアは驚いたように目を見開く。

不思議に思ったローザが見つめ返すと、しどろもどろになりながらもこう答えた。

「あーえーっと。ばーちゃん、いるから……」

そのまま、彼は先へ行ってしまう。

踏み込む土がじっとりと湿り気を帯びてくると下り坂にさしかかり、緑の匂いが濃くなってくる。近くに沢があるのだろう、水が流れる音が聞こえた。

湿度が高いからか、空気がとてもひんやりとしていて肌寒い。

ふいに頭上の枝葉が少なくなり、明るい日差しが差し込む場所に出た。

そのあたりだけは茶色い地面に若草がはびこっていた。

やがてジョシュアは足を止めると、ある一点を指さす。

「おれはここで、ニーアム様に見つけてもらったんだよ」

そこは歩いてきた獣道からは見えない、一段下がった場所だった。

皆の後方にいるローザが覗き込んでようやくわかる程度だ。

ジョシュアがいると知っていて見つけたと言われても仕方がないくらい、見つけづらい。

「ローザ、地図をくれる？」

「はい」

ローザから地図を受け取ったアルヴィンは、悩むこともなく印を付ける。

きっと彼の頭の中にはこの周辺の地図があり、今まで歩いた地域まで把握しているのだろう。

一旦地図を畳んだアルヴィンは、緊張の面持ちで立っているジョシュアに話しかけた。

「その日、夫人に見つけられるまで、なにをしていてどのような状況だったか、改めて教えてくれるかな？」

「おれはクレソンとネトルを探しに来てたんだ。ばあちゃん体の具合がよくねーし、咳が出るし。クレソンはにげーけど、栄養になんだろ？　ばあちゃんはネトルのお茶を飲んどけば風邪知らずだってよく言ってたもん。おれ、生えてる場所しってたから、沢を登ってきたんだ」

反発するような言動が多かったジョシュアだが、祖母について話す口調は一生懸命だ。

クレソンは水辺に群生する植物で、よく肉料理の付け合わせに使われる。ネトルは風邪の予防などにお茶としてよく飲まれるハーブの一種だ。

行動自体は無鉄砲ではあるものの、祖母のためというれっきとした理由がある。

ローザは、本来の彼は相手を思いやれるのだろうと感じた。

「で、クレソンはみっかったんだけど、ネトルを探すまえにちょっと休憩しようと思ってしゃがみ込んだ。そしたらリスが地面で寝てて、珍しいなと思ったら……なんかその先に光の輪っかが見えた気がしたんだ」

「リスが？　いやその前に光の輪か。他の子供も言っていたね。それで、君はどうしたのかな」

アルヴィンがさらに強く興味を持つのを感じた。

ローザも緊張の面持ちで次の言葉を待つと、ジョシュアは急に自信をなくしたように語気が弱くなる。

「そこから、ぜんぜん覚えてねえんだ。すごく行ってみたくなって、輪っかまで歩いたと思うんだけど。気がついたらまわりが真っ暗で、ランタンを持ったニーアム様に覗き込まれてた」

わかってはいたものの、ローザは少々落胆する。

唯一救いなのが、ジョシュアの表情が明るいことだろう。本来ならば恐ろしい思いをしたはずだが、今の彼はまるで特別な幸運に出会ったかのように誇らしげだ。

アルヴィンもこの返答を予想していたようで、すぐさま質問の切り口を変えてきた。

「ありがとう、天気やいつもの森と違う点など、他に気づいたことはないかな」

「他に、他に……あ。なんか甘い匂いがした気がしたくらい？」

「甘い匂いか。倒れていた場所と、その光の輪を見つけた場所はどれくらい離れているのかな」

「……ほんとにしんじてくれんだ」

「ジョシュア？」

ぼう然と信じられないように呟いた言葉に、問い返されたジョシュアははっとすると慌てて指さした。

「えっと、金の輪を見た気がしたのもたぶんこのあたり、だよ」

「なるほど、あまり離れていなかったんだね。ありがとう、周囲を見て回るから、少し待っていてくれるかい？」

ジョシュアが指さした場所を確認したアルヴィンは、鞄から虫眼鏡を取り出し胸元に挿すと、地面に顔を近づけて探索を始めた。

その横顔は興味深い妖精関連の品物を観察するときとよく似ている。

これは時間がかかるだろう。今までの経験からそう感じたローザは、籠から取り出した敷物を、あまり湿ってなさそうな場所に敷く。

そして立ち尽くしたままのジョシュアに声をかけた。

「ジョシュアさん、しばらくこちらに座ってお待ちください」

「あ、えっとうん。あのにーちゃん変な人だな」

なんとも言えない顔をするジョシュアに、ローザは苦笑するしかなかった。

「少し変な方ではありますが、知識は本物です。お菓子を召し上がりませんか？」

クッキーを差し出すと、ジョシュアは目を輝かせて受け取る。

ローザも包みを開いて一つかじると、バターの香りと砂糖の甘みが素晴らしかった。中に混ぜ込まれたくるみは、森で採れたものを貯蔵してあったのだという。

「すげえうっま！　ニーアム様に貰ったクッキーと同じ味だ！」

ジョシュアが夢中で食べる姿を微笑ましく思いながらも、ローザは瞬く。

「ニーアム様……グレイ夫人にもいただいたことがあるのですか？」

「助けてもらったときにくれたんだぜ」

ジョシュアは照れくさそうに鼻の下をこする。

「ニーアム様は優しかったんだぜ。他にも寒くておれがくしゃみをしたら、ニーアム様がショールを貸してくれたんだ。すんごく暖かくてうれしかったなぁ」

　そのときのことを思い出したらしい彼は、うっとりと夢見るようなまなざしになる。

　少し熱心過ぎるような気はするが、劇的に助けられた経験だったのだから、強く慕っているのだろう。

　ローザはまだ、ニーアムに対して複雑な気持ちは変わらない。それでも年端もいかない子供達を助けているのは間違いないし、ジョシュアの「助けてもらった」という喜びの気持ちは否定したくなかった。

　だからローザも相づちを打ちつつ、クッキーを堪能（たんのう）する。

　すると、今度はジョシュアがもの言いたげにローザを見上げる。

「どうかいたしましたか」

「あんた、おれに親がいねえの聞いても、ふつうだったな。可哀想（かわいそう）とか言わなかった」

　その言葉で、彼が今までどのような視線に晒（さら）されてきたかを知ったローザは、努めて柔らかく答えた。

「わたしの育った環境では珍しくないことですし、わたしも家族は母だけでしたから」

「ええ？　あんたイイとこのお嬢さまってやつなんだろう？　だってニーアム様みたいなドレス着てるし」

　胡散臭（うさんくさ）げにするジョシュアにローザは笑って首を横に振った。

「いいえ、身分から言えば、わたしはジョシュアさんと同じです。生まれたときからわたしには母だけで……」

もうすぐ、母が亡くなって一年になる。

その事実に気がついたローザは、ふいに涙がこみ上げてきて慌てた。

子供に見せるものではない。上を向いてこらえると幸いにもすぐに引いてくれる。

おかげでジョシュアは気づかなかったようで、さくさくとクッキーを頬張りながら、納得してくれたようだ。

「ふーん。あんたにはかーちゃんがいるのか。おれにはばーちゃんだけだ。おれのかーちゃんはばーちゃんにおれを押しつけて行ったきり、帰って来ないんだってさ」

抱えた膝に顎を載せて、羨ましそうな色を見せる。その口ぶりで、母親という存在が彼の幼い心に暗い影を落としているのが如実にわかる。

ローザはジョシュアのように親子関係で葛藤を抱える者を、あのアパートで多く目にした。

彼らに同情しても、正しく寄り添える言葉などないのだと経験から知っている。

「では、ジョシュアさんはおばあさまに大事に育てられたのですね」

だからローザは自分が感じたことを口にすると、ジョシュアは面食らったように薄茶色の瞳を丸くする。

「えっあ、なんでそうなんだよ」

「ジョシュアさんが、今日子供達に怒ったのは、ご自分のことではなく、グレイ夫人を『魔女』と言われたせいでしたでしょう？　昨日の男性に馬糞を投げたのだって、夫人の名誉のため、でしたよね」

「ったりめえだよ！　だってニーアム様は悪くねえもん！」

「ジョシュアさんのように誇りを持って意思を主張できる方は少ないのです。きっとおばあさまが、あなたに恥じることはなにもないと示してくださったからでしょう」

ローザにも覚えがある。珍しくないとは言ったものの「父親に逃げられた」と母を悪く言われたり、「父無し子」と揶揄されたりしたことはあった。

それは、自分が母に愛され、大事にされているという確信があったからだ。

ローザは謂れのない悪意に悲しくなりはしたが、引け目は感じなかった。

父がいなくとも、母がいる。だから、寂しくはない。

ジョシュアが着ているものは、古びてはいるものの、ほころびがなく手入れが行き届いている。サイズが合っていないのは、成長を見越してだ。

彼の祖母が、彼を慈しんでいる証しだ。

そんな自分の経験があったから、ジョシュアも自分のことより、その場にいない他人の名誉のために怒れるのだろうと思ったのだ。

ジョシュアはぴんときていないようで、首をかしげている。

「それ、かんけいあんの？　だって悪く言われたらおこんのは当たり前だろ？」

当たり前ではないのだが、彼がわかるようになるのはもっと年を重ねてからだろう。

だからローザは別の方向からジョシュアを褒めた。

「では、ジョシュアさんはおばあさまのために、クレソンやネトルを探しにお一人で森へ入ったのでしょう？　誰かを想って行動できるのは素敵なことだと思います」

「だって、ばーちゃん体悪いし……おれがしっかりしなきゃいけねえし……」

今度は褒められていると理解できたらしく、ジョシュアは照れくさそうに鼻の下を指でこする。

その姿を微笑ましく眺めていたローザは、少しだけ声を潜めて言った。

「そういえば、昨日、ジョシュアさんが馬糞を投げた男性ですが。とても怒っていらっしゃったので次に会われるさいにはお気をつけくださいね」

馬糞を投げつけられた男性は、ジョシュアを捕まえられずに戻って来たのだが、憤然としたままだったのだ。

ジョシュアが馬糞を投げたのはよくなかったが、それでも叱られる以上のことにならなければいい。

真剣に忠告するローザに、ジョシュアはおかしげに笑う。

「あんたすんごく変だな。だいじょうぶだ。トムのおっさんのげんこつくれー慣れてる。あいつは怖え奥さんに言い返せないぶん、弱えやつらに当たるんだ」

あっけらかんと答えたジョシュアは、先ほどよりも打ち解けた態度になっていた。

たまたま関わっただけのローザに、彼を取り巻く環境を変えることはできない。

それでも、あまり優しくない環境で懸命に生きる彼に、少しでも安らぎがあれば良いと願ってしまう。

いつの間にかアルヴィンが戻って来ていた。

「君達とても親しく話せるようになったみたいだね」

いつもの微笑みを浮かべていたが、どこか不満そうな気配があるような気がする。

どうしたのだろうと思いつつ、ローザはアルヴィンに持っていたクッキーを見せた。

「お疲れ様です、クッキーはいかがですか」

「うん、いただこうかな」

アルヴィンは屈み込むと、ローザが持ったままだったクッキーをかじった。

ローザが思わず手を離すと、さくりと音が響き、クッキーはアルヴィンの口の中に消えていく。

「うん、素朴で甘めにしてあるのがこの土地らしいね」

アルヴィンの長いまつげが近づいて離れていくのをぼう然と見つめていたローザは、はっと顔を上げる。

「あ、アルヴィンさん、なんで……」

狼狽えるローザをアルヴィンは不思議そうにする。

「え、くれるってことじゃなかったのかい」

「……籠の中にアルヴィンさんの分がございました」

「なんだそうだったのか」

あっさりとしたアルヴィンの返事に、ローザは高鳴ったままの胸を押さえるしかない。

時々アルヴィンは心臓に悪い行動をとるが、今回もとびきりたちが悪い。

ローザのもの言いたげなまなざしに気づいたアルヴィンがぱちりと瞬いた。

「あれ、頰に赤みがあるし、ちょっと眉間に皺が寄っている。もしかしてクッキーを奪われたのが嫌だったかい？」

「そういうわけではございませんが……」

だいぶ、かなり、アルヴィンの行為が恥ずかしかっただけで。

……嫌ではなかったのだ。

「ローザもにーちゃんもへんなの」

ジョシュアの声で、我に返ったローザはアルヴィンにおしぼりを渡す。

「ともかく！　アルヴィンさんの分もございますので！」

「うん、わかった。けれど少し待って。ジョシュア、ちょっとここに来てくれるかな。確かめたいことがあるんだ」

「え、おれ？」

ジョシュアを呼んだアルヴィンに、ローザもなにをするのだろうかと立ち上がる。

アルヴィンが彼を呼んだのは、ジョシュアが光の輪を見たという位置だった。

「君はネトルを探していたんだったね。どのように探していたか、同じ姿勢を取ってもらえる？　できればローザもしゃがんでみて。ああでもあまり地面はじっくり見ないほうが良い」

「え、ええとこうだけど」

「は、はいわかりました」

ジョシュアは訝しく思いながらもその場にしゃがみ込んだ。ローザもなんとか気持ちを落ち着けて、彼の隣にしゃがんでみる。

草むらはまだ本格的に伸びきっていないが、それなりに背が高い。ローザの顔は出ているものの、ジョシュアは小柄なことも相まり、草むらに埋もれてしまっている。

アルヴィンも同じ感想を抱いたようだ。

「うん、君は小さいね」

「はあ!?　喧嘩売ってんのか！」

「もういいよ、ありがとう」

思ったことを口にしたアルヴィンに、立ち上がったジョシュアが食ってかかる。

だが、アルヴィンの興味はすでに別のところに移っていた。

ローザも気になって、立ち上がるとアルヴィンに問いかけた。

「アルヴィンさん、なにがわかったのでしょうか」

「まだ、仮説の域を出ないから、なんとも言えないのだけれど。ひとまず妖精の輪の跡を見つけたよ」

「は⁉」

ごくあっさりと重要なことを言われて、ジョシュアも怒りを忘れて驚きの声を上げる。

アルヴィンは、ジョシュアからほとんど離れていない位置を指し示した。

「このあたりを観察してみて。わずかだけれど、他の植物より旺盛に伸びているだろう」

「本当です。植物の高さが違います」

指し示してもらわなければわからなかったが、一度気づいてしまうとローザにもわかる違いだ。

「妖精の輪が発生した場所では植物の生長速度が速まったり、逆に枯れてしまったりする。よく見ると、旺盛に生えている部分は円形になっているんだよ」

彼の指が動いていくのを目でなぞると、今までわからなかったのが不思議なほどくっきりとその円が見えた。

ドーナツ状に広がる円上に生える植物は、日陰にもかかわらず、日の下の植物と変わらない高さにまで生長している。いっそ不自然なほどに。

今まで聞いてきた妖精の輪の特徴にすべて合致する。

ジョシュアもはじめて気づいたのだろう、まじまじと円を見つめている。

「こんなんぜんぜんきづかなかった」

「おそらく君が光の輪を見たあとに伸びたのだろうね。それとね、注意して見てほしいのだけれど、この周辺にいくつか小動物の亡骸があったんだ」

驚いてローザがあたりを見回すと、少し先に小さな白いものを見つけた。

一度見つけると他にもいくつか散らばっているのがわかり、ローザは本能的に忌避感を覚える。

「形状からして、この森に棲む鳥類とリスかな。ジョシュアが話していた『眠っていたリス』ではないかと推測できる」

「あのリスが、ここで死んだってのか」

同じように骨を見つけたらしいジョシュアに、アルヴィンは断言した。

「そう。ここで確かになにかが起きた証しだよ」

アルヴィンは改めてジョシュアを見下ろした。

「ところで君は、グレイ夫人に助けられたときなにか話したかな」

「な、なんか関係があんのか？　あんたもニーアム様が犯人だって疑うのかよ」

ジョシュアが身構えたのはわかっただろうが、アルヴィンはあくまで平静だった。

「この地点は、フェロウパークよりも村に近い。その上、夜になれば村人でも躊躇する
ほど視界が奪われる。環境を見る限り予備知識もなく森に入り、君を発見するのは非常に
困難だ。ならばグレイ夫人が、君を発見できたなんらかの理由があったと考えるほうが自
然だ。例えば……彼女自身が妖精の輪を探していた、とかね」

アルヴィンの推論に、ジョシュアは大きく目を見開く。

その反応は「どうして知っている？」という疑問のようにローザには思えた。

「ジョシュアさんは、なにをご存じなのですか」

「ニーアム様が……言ってたんだ。森に入るのは、捜し物をしてるからって」

具体的な証言に、ローザもアルヴィンも自然と前のめりになった。

「探していたのは、妖精の輪かい？」

「ううん『捜し物が妖精の輪の近くにあるかもしれないから』って、言ってた。『見つけ
て、本物か確かめたいの』って」

「本物か、確かめたい……？」

すぐには腑に落ちず、ローザは思わずオウム返しにしていた。

以前アルヴィンはニーアムの徘徊について、こう話してくれた。

『母は、僕が帰って来たあと精神が不安定になってしまって領地で療養しているんだ。そしてずっと、僕のいなくなった森で自分の息子を探しているんだよ』

だからローザは晩餐会でニーアムが「エリオットと離婚したい」と明かしたとき、思ったのだ。

アルヴィンを本物の息子と認めず、自分の息子を探して森を歩くのも、自分を頭のおかしい魔女だと外聞を悪くするための一環だったのだと。

すべては、エリオットに離婚をしてもらうために。

しかし、ジョシュアが聞いた「本物か確かめる」という言葉を信じるのであれば、意味合いが変わってくる。

アルヴィンを見ると、目を細めていた。

「それは奇妙だな。まるで戻って来た子供が、自分の息子だと確信を得たいようだ」

その呟きと同じことを考えていたローザは、ざっと鳥肌が立つ。

妖精の輪を探して具体的にどう確かめるのかまではローザにはわからない。

それでも、今までニーアムに対して抱いていた印象ががらりと変わる推論だった。

動揺したローザは、心臓がきゅうと締め付けられるのを感じる。

アルヴィンは顎に手を当てたまま思案する。

「どうやらグレイ夫人の思惑は、そう単純なものではないようだね。少なくとも……現在の彼女はいたって理性的だ」

アルヴィン達がなにに動揺しているのかわからず戸惑っていたジョシュアだったが、小さな声で確かめる。

「ニーアム様が探しているのは、自分の子供なの……？」

「推論を重ねているけれど、おそらくは」

そう答えるアルヴィンは平然としているように見える。

けれど、ローザはわずかな不安が拭えなかった。

ニーアムがずいぶん前から正気だったというのであれば、彼女はアルヴィンが本物の自分の子供であると、以前からわかっていたはずだ。

にもかかわらず、今でも晩餐会のように他人としての態度のままだ。その矛盾をアルヴィンはどう受け止めたのか。

ローザは不安に揺れながらも、ふとなにかがおかしいことに気づく。

もしも今は自分の子だと理解しているのなら、アルヴィンが戻って来た当初、どうして彼を偽者だと思い込んだのだろう？

まるで実際に間違えてしまう根拠があったみたいだ。

違和感を探ろうとしかけたローザだったが、アルヴィンの声で現実に引き戻された。

「妖精の輪の鍵を握っているのはグレイ夫人のようだね。彼女が調べていた事柄を追えば、真相にたどり着けそうだ。まずは他の子供達が倒れていた場所を調べながら、妖精の輪の痕跡を探してみよう」

彼の銀灰色の瞳には興味が宿っていたが、そこにいつもの明るい雰囲気はない。

なにか別の、強い焦燥があった。

自分の不安よりもまずは一旦アルヴィンを落ち着かせよう。ローザはそう思って声をかけようとしたが、その前にジョシュアが名乗りを上げた。

「おれ！　おれもてつだうよ！　この森のことはだれよりも知ってるし、ニーアム様のさがしものならてつだいたい！」

「でも君は一度妖精の輪に遭遇してしまっている子供だよ。まだ原因が特定されていない今は連れては行けないな」

難色を示すアルヴィンに、ジョシュアはあっけらかんと言った。

「だいじょうぶだよ、だって妖精に攫われるのは二人のときだけだからよ！」

「――え？」

意味がよくわからなくて、ローザは戸惑いの声を漏らす。

ジョシュアは大人達に教えられるのがよほど嬉しいのか、胸を張って教えてくれた。

「にーちゃん達、取り替えっ子の歌を知らないのか？」

「歌？　この地域の遊び歌のこと？」

「そうそれ！」

アルヴィンにめいっぱい頷くと、ジョシュアは得意げに唄ってみせる。

「かわいい金と真鍮の男の子
夕焼け黄金に紛れたら　見分けが付かない仲良しこよし
妖精の輪っかに入ったら　仲良くふたりで消えちゃった
あなたは私　私はあなた　かえってきたのはどちらの子？」

ローザは草原で輪になって遊んでいた子供達の歌を思い出した。

「これって、妖精の輪にさらわれた子供の歌なんだってさ。そのしょーこに、今までいなくなった子はみんな一人だったから戻って来れてるだろ？　本当に帰って来なかったのは、二十年？　くらい前にいなくなった二人の子供だけだって！」

約二十年前にいなくなったというのなら、それは間違いなくアルヴィンのことだ。

二十一年前、アルヴィンは十二歳のときに妖精界に迷い込み、七年後に帰って来た。

しかしジョシュアの話と、遊び歌が本当ならば――……

ローザは必死に平静を保とうとしながら、ジョシュアに問いかけた。

「もう一人は、どうなったのでしょうか？」

「帰って来なかったのは一人だけだって、ばーちゃんが言ってたよ」

ジョシュアの無邪気な言葉を、ローザは信じられない思いで受け止めた。

帰って来たのは、アルヴィンだ。

では、帰って来なかったもう一人は誰だ？

「ジョシュアさん、もう一人のお名前は……」

ローザが逸(はや)る気持ちのままジョシュアに問いかけようとした矢先。隣のアルヴィンの体がよろめいた。

そのまま、銀髪を掻(か)きむしるように頭を抱えて苦しみ出したのだ。

「う、あ……ッ！」

「アルヴィンさん!?」

突然の異変にローザは動揺しながらアルヴィンの名を呼んだが、彼の耳には入っていないようだ。立っていられず、地面に膝を突いてうずくまる。

大きく上下に動く肩が、彼が今感じている苦しみを物語っていた。

「ちがう……ぼく、は、……きみは……ッ」

うめき声の合間に、うわごとのように呟いていたアルヴィンが、ふいに顔を上げた。

「……エイン？」

その一言を最後に、アルヴィンの体がふっとかしぐ。

ゆっくりと、地面に倒れた。

状況が理解できずに立ち尽くしたのは一瞬で、ローザはすぐに駆け寄った。

「アルヴィンさん、どうしましたか、わたしの声が聞こえますか⁉」

「に、にーちゃん急にどうしたんだ⁉」

ジョシュアの動揺した声を聞きながらも、ローザはアルヴィンの状態を確かめる。

幸いにもアルヴィンが倒れたのは、枯れ葉の積もる腐葉土の上だった。

頭は強く打っていないはずと、ローザは自分に言い聞かせながら彼を抱き起こす。

しかし、乱れた銀髪から覗くアルヴィンの顔は青白い。

まるで……――病に倒れた母のように。

奈落へ落ちたような恐怖が襲いかかってくる。

なぜ急に意識を失ったのか。ローザが気づかない疾患があったのか、それとも妖精にまつわるなにかが起きたのか。

かすかに甘い香りを感じた気がする中、悪い想像ばかりが広がる。

「アルヴィンさんっお願い、目を覚ましてください……っ」

泣きそうになりながら、ローザは彼に呼びかけるしかない。

刹那、茂みが掻き分けられる音が響く。

ローザとジョシュアは同時にそちらを向いて、予想外の出来事に動揺した。

簡素な黒色のドレスを纏った淡い金髪の女性、ニーアムが現れたのだ。

なぜ、ここに彼女がいるのか。

ローザが狼狽える中、ニーアムはローザに抱えられるアルヴィンを見るなり、すいとスカートを翻した。

その拍子に、またカンファーの香りが広がる。

彼女の裾から覗くのは貴婦人が散歩にはくような平たく浅い靴ではなく、森歩きに適したしっかりしたものだった。

「森の入り口に、馬車を止めてあるわ。人を呼んでくるから待っていなさい」

それはつまり、助けてくれるということか。

多くのことが一度に起き過ぎて、ローザの頭は真っ白で、とっさに答えられない。

その間にニーアムは、滑るように歩き出した。

＊

日が暮れる前に森を抜けられたローザは、馬車に揺られていた。

ニーアムは言葉通り御者を連れて戻って来て、アルヴィンを運ぶ手伝いをしてくれた。

ジョシュアは心配そうにしながらも、途中で別れて家に帰っていった。

屋根のついた四人乗りの箱馬車の片側にアルヴィンを寝かせ、ローザはニーアムの隣に座った。

アルヴィンの呼吸は今は落ち着いていて、ローザはひとまずほっと息を吐いた。

馬車の中には馬の足音と車輪の進む音だけが響いている。

徐々に心が休まってきたローザは、傍らのニーアムを盗み見る。

御者にアルヴィンを降ろすのを手伝うよう命じた以外に、彼女は一言も話さない。

だが意識を失っているとはいえ、目の前に自身が精神を病んだ原因であるアルヴィンがいるのに彼女は平静に思えた。

ニーアムの整った面差しには、なんの感慨も浮かんでいないように見える。

その事実は、むしろローザに力を与えた。

晩餐会のときの辛辣な印象とも、かつてアルヴィンを拒絶した話とも結び付かない。

今の行動は、明らかに助けてくれている。

ニーアムと二人きりで話せる機会を、また作れるかはわからない。ならば今確かめなければならないことがある。

ローザは自らを奮い立たせると、声を発した。

「アル……店主を助けていただき、ありがとうございました」

アルヴィンと言いかけて、エリオットとの約定を思い出し、別の呼び名に置き換える。

ニーアムはまなざしだけで応じた。

友好的ではないが、こちらを無視する気もない。

たくさん聞きたいことがある。けれど今一番気になるのは、気を失う前にアルヴィンが呟（つぶや）いた名前だ。

ニーアムは二十一年前の当事者だ。手がかりを持っていてもおかしくなかった。

「ところで、奥様は『エイン』という名前にお心当たりはございますか」

それでもローザにとっては、会話の足がかりのつもりだった。

エインという名前から、妖精の輪について話を広げていけば良いだろうという。

しかしニーアムは名前を聞いたとたん、ぱっとローザに振り向いたのだ。

彼女の凍り付いた表情からは、嫌悪と忌避と後悔と……大きな罪悪感が感じられた。

ローザが今まで見た中で最も感情的な表情だった。

その激しさにローザが息を呑（の）んでいる間に、ニーアムは大きく深呼吸をして動揺を隠し、表情を平静に戻す。

「あの子のエインセルよ」

「エインセル……？」

一瞬、彼女が言い間違えたのかとローザは困惑するが、彼女の膝の上で握りしめられた手は細かく震えていた。

「見分けが付かないほど、よく似ていて……わたくしは、わからなくて……」

言葉を途切れさせると、ニーアムは視線を窓の外に向けた。

その態度は、未だ彼女の中にある生々しい葛藤を感じさせた。

ローザは自分が抱いた疑問を思い出した。

ニーアムはなぜ一時期は正気を失うほど、アルヴィンを偽者だと思い込んだのか？

「もう一人、どなたかがいらしたのですか。アルヴィンさんと、よく似た誰かが」

ローザの問いに、ニーアムは答えなかった。

ただ、拒絶するように窓のほうを見たまま、遊び歌を小さく口ずさむ。

「あなたは私　私はあなた　かえってきたのは、どちらの子？」

どこか遠くを見るような横顔は、ローザには大きな悲しみに耐える孤独な女性にしか見えなかった。

四章　黄金と真鍮の取り替え子

屋敷に運び込まれたアルヴィンは、その翌朝目覚めた。

急遽(きゅうきょ)呼ばれた医師に身体(からだ)に異常はないと診断され、ローザはようやく胸をなで下ろす。

だが、何事もなかったわけではなかった。

アルヴィンは、森に入ったあたりからの記憶がなくなっていたのだ。

「僕の主観では、君とジョシュアに妖精の輪(フェアリーリング)の話をした後瞬(まばた)きをしたら、ベッドに横たわっていたという認識だよ」

医師が帰った客室で、アルヴィンはベッドで遅めの朝食をとりながらそう話してくれた。

「では、ジョシュアさんがされた遊び歌と、それにまつわるもう一人のお話も……？」

傍らの椅子に座るローザは、慎重に彼が意識を失う直前のことを話して聞かせる。

アルヴィンは今度は意識を失わなかったものの、頭に手をやって首を横に振った。

「君が話してくれた内容に覚えはないね。感覚的な表現になるけれど、『そのこと』を考えようとすると、まるでゴムのボールが弾(はじ)かれるように掴(つか)むことができない。ただエインという名前を聞くと、このあたりがざわざわする。こんな感覚ははじめてだ」

片手で胸のあたりを押さえるアルヴィンの声音は、いっそ楽しげだ。

「アルヴィンさんは、恐ろしくないのですか」

ローザが思わず聞くと、アルヴィンは食べかけのトーストを一旦皿に置いて、ローザを向く。

「僕がはじめて自覚できた『異変』だから」

アルヴィンの銀灰の瞳には、強い意志が宿っていた。

「実は、僕の幼少期の記憶には不自然な空白があるんだ。妖精のコインについて知っていたのに、どこで知ったのか思い出せないようにね」

打ち明けられた話に、ローザは驚きながらも思い当たる事柄があった。

妖精の輪についてアルヴィンはこう答えてくれた。

『確かに覚えはないけれど、結論を出すのは早計だ。僕はこの地に伝わる「妖精の輪」の話をはじめて聞いたのだからね』

不思議だったのだ。彼は幼少期から妖精の知識があったのに、幼少期には身近だったこの地にまつわる逸話を知らなかった。

ローザが思い至ったことを表情で読み取ったのだろう、アルヴィンは頷いた。

「妖精に消された記憶は真実にたどり着く手がかりになる。そして、今僕が記憶を失ったということは、その情報は僕になにかしらの影響がある事柄なんだ。逃してはいけない」

ああそうか、とローザは理解した。

アルヴィンはようやく、妖精界への手がかりを手に入れたのだ。

だから記憶がないと自覚していても、恐怖や不安に苛まれるのではなく、その手がかりから真実を追い求めようとしている。

気が抜けたローザは背もたれに体を預けながら、迷う自分を感じていた。

彼の妖精への執着は、妖精に自分を殺してもらいたいと思っているからだと考えていた。

だが、今のアルヴィンは、妖精に死を望んでいると打ち明けてくれたときの陰りがないように思える。

——もしかして、今の彼は別の理由で妖精を追い求めているのだろうか。

ローザはその淡い期待を受け入れることをためらった。

昨日の力なく横たわるアルヴィンが、まだ鮮烈に脳裏に焼き付いている。

この期待が間違っていたら、彼を失ってしまうかもしれない。あの光景を思い出すと、鉛を呑み込んだように心が重くなる。

ローザが迷っているうちに、トーストを平らげ、ミルクティーを飲みきったアルヴィンは改まったように切り出した。

「だけど、僕が記憶を失うということは、摑んだ手がかりを認識できないということだ。君が頼りだよ」

「わたしが……？」

「僕の代わりになにがあったか覚えていて。そして僕が取りこぼしたものを教えてほしい」

アルヴィンの表情は、いつもの仕事を頼むときと変わらなかった。

けれど、信頼の中にもほんの少しの不安が揺らいでいるような気がする。

今は彼の意思に寄り添いたい、そう思ったローザは迷いを押し込めて頷いた。

「わかりました」

「では、これからの話だね。エインという人物についてだけど」

「実はアルヴィンさんが意識を失われている間に、屋敷の方々に聞いてみました」

ごそごそとポケットからメモを取り出したローザに、アルヴィンは目を丸くする。

「とても行動が早いね」

「なにかをしていないと、落ち着かなくて……。ですが、収穫はありませんでした」

ニーアムが知っているそぶりだったから調べる価値はあると、聞いて回ったまでは良かったと思う。

だが、ジョンをはじめとする新しい使用人達は全く聞き覚えがなかった。

古参の使用人はひどく嫌そうにして、答えるそぶりすら見せなかった。

ローザは古参の使用人の表情から、罪悪感と忌避を感じたが、それ以上の情報は得られなかったのだった。

「まあ、そうだね。主人に忠誠心の強い使用人ならなおさら、秘密を話すなんて解雇の理由になりかねないもの」

「それで、ホーウィック卿がグレイ卿に聞いてきてくださるとおっしゃって……」

そのとき、部屋の扉がノックされた。

「私だ」

少々強めのノックだったなと思いつつローザが扉を開けると、憤然としたクリフォードが入ってきた。

彼は身を起こすアルヴィンに気づくとほっと表情を緩めたものの、すぐに渋面に戻る。

クリフォードも倒れたアルヴィンを心底心配していた。元気な姿に安堵したものの、それを素直に出すのは決まりが悪いのだろう。

「やあクリフ、その表情からすると、グレイ卿に拒絶されたかな」

しかし倒れた当人であるアルヴィンは、そんな感傷的な感情を露とも察することなく朗らかに話しかける。

気が抜けたように肩を落としたクリフォードは、苦言を呈した。

「感傷にくらい浸らせてくれたって良いではないか……。それになぜ私がしてきたことが結果までわかるのだ」

「君が聞き取り調査に協力してくれていると、今ローザから教えてもらったから。なぜわかったかと言えば、眉間の皺の寄り方や、荒い足音、強いノックなどの仕草が、普段礼儀を守る君からは考えられないほど不機嫌さを表しているからだ。ただのお見舞いであれば、表情に怒気が混ざることはない。なら現状君が僕の所に来るもう一つの理由である『グレイ卿への聞き込み』が原因であり、グレイ卿に拒絶されたために不機嫌になった。ではないかな？」

「……合っている」

アルヴィンの洞察力に慣れていないクリフォードは、驚きと奇妙さを覚えたようだ。

しかし、当初の目的を思い出したのか、椅子の一つを引き寄せて座ると話し出した。

「父は取り付く島もなかった。なにかを知っている様子ではあったのだが『お前が忘れているのなら、それまでの存在だ』と、自分は協力するつもりはないの一点張りだ。なにも情報を得られずすまない」

「いえ、わたしも同じようなものでしたから、お気になさらず」

悔しげな顔をするクリフォードをローザは慰める。

だがアルヴィンは顎に手を当てて不思議そうにしていた。

「二人とも充分な手がかりは得られているのに、どうして残念そうなんだい？」

「えっ⁉」

「どういうことだ」

ローザとクリフォードがそれぞれに驚く中、アルヴィンは流れるように説明した。

「ローザは新参の使用人は知らず、古参の使用人からは罪悪感と忌避を感じたと言っていたね。つまり、エインという存在は当時を知る人間にとっては当事者でなくともタブー……思い出したくない悔恨の記憶なんだ」

「そう、ですね」

「次にクリフ、君はグレイ卿からエインという存在が『いた』という確証を取ってくれた。なにより君自身が関わったことがある、というお土産付きでね。エインという人物は確かに二十一年前屋敷に存在し、彼は僕と一緒に妖精界へ行きなにかがあった」

アルヴィンの話に、ローザはごくりと唾を飲む。

誰からも忘れ去られていた、エインという存在が輪郭を持ち始めた。

「そして、最も興味深いのはグレイ夫人の『あの子のエインセル』という答えだ。エインセルというのは、とある地域に伝わる妖精の名前なんだ」

「どのような妖精なのでしょうか」

まさか妖精の名前とは思わず驚くローザに、アルヴィンは話してくれる。

「エインセルというのは古い言葉で〝自分自身〟という意味を持つ。物語はこうだ。ある少年が暖炉の側(そば)で遊んでいると、小さなかわいらしい妖精が現れた。少年が名前を聞くと、妖精は『エインセル』と答え、少年の名前を聞いてくる。少年は笑って『じゃあ僕もエインセルだ』と答えて遊び出したんだ」

「……なるほど。その少年はエインセルが『自分自身』という意味を持つ言葉だと知っていて、冗談で返したのだな」

「言い伝えだから解釈はいくらでもできるけれどね」

真面目に考えるクリフォードの答えを肯定したアルヴィンは、暖炉に目を向ける。

「遊んでいる途中、少年は暖炉の不始末で妖精に傷を負わせてしまう。当然妖精の親が復讐をしに来たが、妖精が『怪我をさせたのはエインセル』……つまり自分自身だと答えたために、少年は復讐されずにすんだというお話だ」

ローザはニーアムの話に照らし合わせて、彼女が暗示したことがわかった気がした。

「お互いに自分自身と呼び合ったけれど、全く違う存在、ということでしょうか」

ニーアムが間違えてしまうほどよく似ていて、アルヴィンに深く関わる存在。

ふと、クリフォードが思い出したように眉を寄せた。

「……幼い頃、特に兄さんがいなくなった前後の記憶は曖昧なのだが、時々、兄が二人いたような気がしたのだ。そのたとえが本当なら、あれは思い違いではなかった、のか」

自分の言葉すら怪しむようなクリフォードに、アルヴィンはむしろ頷いた。

「実は僕にも違和感のある記憶があるんだ。例えば、クリフにショートブレッドのおいしい食べ方を伝授しただろう？」

「ミルクティーに浸す食べ方のことか？」

「そうだ。けれど僕は、その食べ方を誰から教わったか記憶にない。もちろん自分で思いついた記憶もね。あの食べ方は上品ではないし、乳母はもちろん当時の使用人達が教えてくれるわけがないよね？　じゃあどこで僕はあの食べ方を知ったのだろう？」

ほんの些細（ささい）な、普通であれば幼少期の記憶だからと結論づけてしまうだろう違和感だ。

けれど、アルヴィンは確信を抱いていた。

「エインがどういう人物だったかを突き止めれば、真相に近づける」

「だが、当事者達からは全く協力を得られないぞ」

やっと手に入れた大きな手がかりに動揺していたローザも思い出す。おそらくあの様子ではニーアムは話してくれないし、エリオットも同様だ。

打つ手なしだと暗に語るクリフォードにも、アルヴィンの意志は揺らがなかった。

「手がかりはある。ローザ、一昨日（おととい）の夕方に馬糞（ばふん）を投げられた男性の話を覚えている？」

「ええと、グレイ夫人のわる……話をしていた、ことくらいしか……」

「いや、母の評判が悪いことは知っている。気を遣わずともかまわない」

慌てて言い換えたローザを、クリフォードが気遣った。

アルヴィンは全く気にせずそのまま言った。

「あの男性はこう言ったんだ『二十一年前に自分の子供がいなくなったときだって、あの魔女が邪魔者を消そうとしたのかもしれねえってのは村人みんなが思ってることさ』。この邪魔者がなにかわからなかったけれど、もう一人いたとしたら辻褄が合うよ。遊び歌も、いなくなったのは二人だと伝えている。つまり、村人達も知っているんだ」

「あ！」

ローザは驚きのあまり口を手で覆った。

別の事柄だと思っていた線がすべて繋がった。

アルヴィンの推理にクリフォードは感心する。

「なるほど！　では念のため私は使用人名簿を調べてみよう。この屋敷を去った者であれば、多少は話してくれるだろう」

「情報は多いほど良いからよろしく頼むよ。僕はこれから村人に聞き込みをしてくる」

「アルヴィンさん、休まなくてよろしいのですか」

昨日倒れたばかりなのにと、狼狽えるローザをよそに、アルヴィンはさっさとベッドから抜け出す。

「もうすぐ僕は妖精に……あの日本当はなにが起きていたのか知ることができるんだよ。寝てなんていられないよ」

やんわりと、だが熱を持って主張するアルヴィンは、いつになく頑固だ。

とっさに反論できないローザの代わりのように、クリフォードが苦言を呈した。

「しかし、また同じように倒れる可能性があるのではないか。その度にエブリンさんに救護させるなど、紳士としては見逃せない」

「あ、そうか……ごめんねローザ」

「いえ……」

ようやく思い至ったアルヴィンの悄然とした謝罪に、ローザは表情を和らげる。

「本来なら私が同行したいところだが、私が同席しては聞けない話もあるだろう。護衛にジョンを付ける。それでいいな」

「わかった」

アルヴィンは渋々ながらも頷いたのだった。


しかし、村人への聞き込みは一転して難航した。

アルヴィンが話しかけようとすると、村人達はなんらかの形で話が聞けなくなるのだ。

誰かから急に用事を言いつけられて断られるのは序の口だ。

一人は、たまたま二階から捨てられた水が降ってきてずぶ濡れになって帰った。

二人目は、近くで馬が暴走を始めて、それどころではなくなった。

有望視していた馬糞をぶつけられた男、トムは重い風邪を引いて寝込んでいた。

不気味なほどの偶然が続き「エイン」についての話は聞けずじまいだったのだった。

「なんだ一体。お前には不幸の星でも付いてるのか？」

同行するジョンすらあきれ顔だ。

ローザもここまでくるとさすがにおかしいと感じ始めていた。

「すべて、偶然ですけど……」

だからこそおかしい。なぜならアルヴィンは幸運に恵まれているはずなのだ。不気味なほど幸いに、求める情報、器物、出来事は彼に集まり、害する者は彼を傷つけられない。

すぐにエインの手がかりが得られると考えていたローザは、この状況の異常さをひしひしと感じていた。

「もしかしたら僕の『幸運』はきっちり働いているのかも」

困惑するしかなかったローザは、その言葉にアルヴィンを振り仰ぐ。

「どういう意味でしょう？」

「幸運の呪いが、エインの情報を得るのを阻んでいるかもしれないということ」

ローザはその推理に動揺する。なぜなら、アルヴィンの「幸運」は今まで、彼が死傷するような事態ですら退けてきた。

その幸運が阻んでいるというのなら……

「推理が当たっているなら、エインさんを知ることが、アルヴィンさんにとって不幸になることなのではありませんか……？」

「どうなのだろうね。とはいえ、今の調査方法では真相には近づけそうにないな。ひとまず妖精の輪探しに戻ろうか」

アルヴィンはいつもの曖昧な微笑みで提案する。

ローザにもさして良い案があるわけではない。

まだ春先の冷たい風に身を縮めながらも頷いた。

「はい……。でしたら、ジョシュアさんのお家に参りませんか。彼にはまだアルヴィンさんが目覚めたとお知らせできておりませんから」

「そうしようか。彼は妖精の輪探しを手伝ってくれると言っていたしね」

幸か不幸か、ジョシュアの家はあっけないほど簡単にわかった。

少し村から外れた、森に埋もれそうな場所にある一軒家だ。ここで、祖母のナンシーと二人で暮らしているのだという。

ローザが戸を叩こうとしたとたん、勢いよく扉が開いた。

「ばーちゃんのばーかっ、もうしらねえ!」

とっさに避けたローザの脇を風のように駆け抜けて行ったのは、薄い茶色い髪をした少年ジョシュアだった。

「ジョッシュ! 森へ行くのはやめなさい!!」

ついで出てきたのは、腰の曲がった老婦人だった。髪は真っ白で、皺の深い顔立ちに怒りと焦りの色を刻んでいる。

彼女がジョシュアの祖母、ナンシーだろう。

身に纏(まと)った地味なワンピースですら重そうに引きずる彼女は、玄関にたたずむローザに気づくと困惑の表情を見せた。

その間にも訪問の目的だったジョシュアは遠くへ走り去っている。

この事態にすぐ動いたのはアルヴィンだった。

「ローザ、僕はジョシュアを追ってくるね。ここで待っていて。ジョンくん行くよ」

「ったく。しかたねえな」

確かに、ジョシュアの様子は尋常ではなかった。

二人が追いかけるのを見送ったローザは、改めてナンシーを振り返りぎょっとする。

先ほどまでジョシュアへの焦燥をあらわにしていたナンシーが、愕然(がくぜん)とした表情になっていたのだ。

「アル坊ちゃん……」

視線はアルヴィンの背を追っていて、そのまなざしには強烈な罪悪感があった。

そう、つまり。明らかになにかを知っている反応だ。

「アルヴィンさんのことをご存じなのですか」

ローザが思わず尋ねると、ナンシーは改めてローザの存在に気づいたようだ。

「あなたは……？」

「名乗りが遅れて申し訳ございません。わたしは、先日から店主と共にこの村で調査を行っているロザリンド・エブリンと申します。昨日ジョシュアさんに調査の協力をしていただいたお礼に伺いました。ジョシュアさんのおばあさまでよろしいでしょうか？」

「それは丁寧にありがとうございます。ジョシュアの祖母のナンシー・ヘイルですわ」

ローザが膝を曲げてお礼を述べると、ナンシーも同様に膝を曲げて挨拶をしてくれた。

その所作は中流階級（ミドルクラス）ではなく、明らかに礼儀作法の訓練を受けたものだ。

村人にそのような人はいなかった。

ナンシーは逡巡（しゅんじゅん）しながらも、ローザを招き入れようと扉を開けてくれる。

「お連れの方がジョシュアを迎えに行ってくださっておりますし、ひとまず中へお入りください」

室内はこぢんまりとしており、随所に手作りの品が見られる温かな印象だった。

「お恥ずかしながら、この年で再び子育てをすることになりましてね。ジョシュアが奥様のために妖精の輪を探しに行くと申したものですから、つい叱ったら飛び出して行ってしまって……。あのように走って行かれたら私は追いつけないのですよ」

お茶の準備をしながら、ナンシーはジョシュアとの諍（いさか）いの経緯を話してくれる。

あの年頃の子供と老人では、まず体力が違う。ナンシーであればその差は歴然だろう。ジョシュアがそう言い出した理由に心当たりがあるローザは、勧められた椅子に座りつつ謝罪する。

「それはわたしどもの調査に協力を申し出てくださったせいもあるでしょう。ジョシュアさんは、グレイ夫人に助けられたことをとても感謝しておられました。だから、役に立ちたいのでしょう。心根の優しいお子様ですね」

ローザは話しつつも、ジョシュアの熱心さはなんとなく子供特有の正義感だけでは収まらないような気がして、それ以上は言えなかった。

ナンシーの、やかんを傾けようとする手が一瞬止まる。

「そう、それでも、奥様にあまり近づけたくないわ。あの子は身分の違いをまだわかっていないから粗相を働いてしまうかも。それに母親というものに憧れを持ってしまっているようだし。『おれもあんなに一生懸命さがしてくれるかーちゃんがほしかった』なんて言われてしまったら、私にはもう話せることはなくて……」

ため息を吐くナンシーの表情には疲れが見える。

その横顔には、きちんとジョシュアに対する愛情があるように感じられた。

ローザはジョシュアの言葉を思い出す。

『おれのかーちゃんはばーちゃんにおれを押しつけて行ったきり、帰って来ないんだってさ』

ジョシュアには祖母に愛されてもなお、埋まらない心の空洞があるのだろう。

おそらく、母が生きていた頃のローザではジョシュアの気持ちはわからなかった。

けれど一人になり、父というものを意識するようになった今なら共感できた。満たされていても、ふとあったかもしれない可能性に思いを馳せてしまうのだ。

もし、父がいたら。母は苦労せずにすんだのだろうか。親子三人で健やかに過ごす未来があったのだろうか。

きっと、ジョシュアは存在もわからない父より、「自分を置き去りにした母」のほうが想像しやすかったのだろう。

「ごめんなさいね。こんな愚痴を聞かせて。どうぞ」

「ありがとうございます」

ローザはナンシーに礼を言って、テーブルに置かれたティーカップを手に取り傾けた。

草っぽい中にかすかにりんごに似た香りがするのは、ネトルにカモミールがブレンドされているのだろう。体が温まるハーブティーだった。

ナンシーが目の前に座ったところで、ローザは質問を切り出した。

「奥様というのは、グレイ夫人のことですね？　ヘイル様はグレイ家のお屋敷に勤めておられた時期があるのですか？」

「……ええ。クリフォード坊ちゃんの乳母だったことがありますのよ。子育ての経験があるからと、栄誉あるお役目を任されて嬉しかったものだわ。坊ちゃんが、パブリックスクールに入られたあと職を辞しましたけどね」

ならば身についた所作にも納得だ。

ここで聞くしかないと、ローザは畳みかけた。

「では、アルヴィンさんの乳母でもあったのですね。だから先ほどアルヴィンさんに『アル坊ちゃん』と呼びかけられた」

「あなた知って……!?」

驚きをあらわにするナンシーは、明らかに肯定の反応だった。

アルヴィンから離れたとたん、ローザは情報にたどり着けた。

それが、妖精の仕業なのか別のなにかなのかはわからない。けれど、ようやくたどり着いた証言者を逃がすわけにはいかなかった。

ローザはしっかりと頷いて、ナンシーにお願いをした。

「ヘイル様は、アルヴィンさんが行方不明になられた当時のことをご存じですね。でしたら『エイン』という方に心当たりがあるのではございませんか」

瞬間、ナンシーの表情が一変した。

悔恨と哀惜をあらわにした彼女は、唇を引き結ぶ。

その反応は屋敷の古参の使用人と同じものだった。

「……いいえ」

顔を背けて拒絶しようとするナンシーの心を開くには、どうしたらよいだろうか。

ローザは少ないながらも彼女の言動を思い出して、はっと気づいた。

「ヘイル様は、奥様にご迷惑をかけたくないご様子でしたね。このような噂の中でも、あなたは奥様を慕っておられるのでしょうか」

彼女は村で暮らしているのに、ニーアムに対し「奥様」という敬称を使った。

失踪した子供の母親は、ニーアムに対して不信感を抱いていた。しかし、ナンシーにはそれがなく、村人達とも明らかに違う。

それは、ニーアムを妖精の輪騒動の犯人と考えていないということではないか。

ナンシーはなにも言わないが、ローザを窺うように見つめ返している。

だからローザは身を乗り出して懇願した。

「わたしどもは、妖精の輪について調べております。ですがそれは奥様を魔女と証明するためではありません。幼いアルヴィンさんがなぜ当時失踪したのか、その経緯を知るためです。アルヴィンさんは記憶を失っておられます。唯一の手がかりが『エイン』という名前なのです。奥様の名誉のために沈黙を保たれているのでしたら、どうか信念を曲げて教えてくださいませんか」

切々と訴えると、ナンシーは目を閉じた。

なにかに耐えるような様は、まるで襲いかかってくる感情の波に揉(も)まれているようだ。

やがて、ナンシーはローザから少しだけ体を横に背けた。

ローザは拒絶かと思ったが、ややあってナンシーが口を開く。

「あなたが、奥様を貶(おと)めないというのであれば、私の独り言を聞かせましょう」

「っ！」

「ニーアム様はもう、充分傷ついたのですよ」

ナンシーの口ぶりは、深い疲れと苦悩を感じさせた。

大きく息を吸って吐いたあと、言葉に悩むように眉を寄せる。

「そう、ね。エインはかつてフェロウパークにいた少年です。そしてあの日、アルヴィン坊ちゃんと共に消えて、未(いま)だに行方不明になっているのですわ」

やはり、ローザ達の推理は間違っていなかった。

ようやく得た証言に安堵(あんど)しながらも、疑問を投げかける。

「でしたら、今村にある遊び歌は、アルヴィンさんとそのエインさんを元にしているのでしょうか」

「ええ、坊ちゃん達が行方不明になったときは、住民達も捜索に加わっていました。奥様が精神を病まれたこともあり、屋敷で『エイン』の名は禁句になりましたけど、村までは箝口令は行き届きません。坊ちゃん達がいなくなった当時も妖精の輪騒ぎがありましたから。アル坊ちゃんが戻って来たときに、子供達への教訓として残されたのでしょうね」


表立って言えないのなら、形を変えて子供に伝える。遊び歌はそのようにして作られた。

ただ、前にも妖精の輪現象が起きていたというのは初耳だった。


ローザはナンシーの話の腰を折らないために、今は心の隅に書き留めるだけにした。

「エインの母親は旦那様の従妹に当たられるご令嬢でした。平民の男性と駆け落ちしてエインを儲けましたが、夫に先立たれたそうです。路頭に迷いかけた彼女らを旦那様はこの村に住まわせたのですよ」


ローザは、急にエインの母親が身近に感じられて膝の上の手をきゅっと握った。

身分違いの恋をし、ローザの父となんらかの形で別れるしかなかった母と重なったのだ。

「その方はどうされたのですか」

「一年ほどこの村に住んでいましたが、慣れない生活だったのでしょうね、体調を崩して亡くなりました。八歳で天涯孤独になったエインを哀れんだ旦那様が、フェロウパークに引き取られたのです」


当時を思い出しているのだろう、ナンシーは遠くを見るように目を細める。

「私は、旦那様に『エインは子供達の兄弟として育てるように』と命じられました。旦那様はエインをアル坊ちゃんの片腕とするおつもりだったのでしょうが……今となっては、惨いことだったと思います。それでも、あの子達は本当の兄弟のように育ちました」

「エインさんは、どのようなお子さんだったのでしょう？」

ナンシーの表情は暗さを帯びたが、それでも懐かしげだった。

「エインは利発な少年でした。大人びていて、子供らしくない言動が多い子だったわ。アル坊ちゃんといるときだけは、年相応のいたずらっ子になったものですよ。ほんの数ヶ月ですが、アル坊ちゃんより年上だったせいか、兄のように振る舞うこともありました。真面目だったアル坊ちゃんも、エインの前だけでは子供に戻ったようでした。急にショートブレッドをミルクティーに浸けて食べる、なんてし始めたときは驚いたものです」

「教えたのは、エインさん？」

あまりに聞き覚えのある食べ方にローザが驚くと、ナンシーは力強く頷いた。

「エインは屋敷に来るまでは中流階級として暮らしていましたからね。そのような少し乱暴な食べ方の他にも、子供の遊びや、妖精の伝承などもよく知っていたわ。アル坊ちゃんは『エインに教えてもらったんだ』と嬉しそうに話してくれましたもの。二人は森に妖精を探しに行くのが定番の遊びで……。本当は矯正しなければいけなかったのでしょうけど、あまりに楽しそうでしたから怒るに怒れなかったものですよ」

ああ、アルヴィンは片鱗を覚えていたのだ。

彼が忘れてしまった誰かの記憶は、彼の行動に残っていた。

「アルヴィンさんは、今でもショートブレッドはそのように召し上がりますよ」

喜びとも切なさとも安堵ともつかない気持ちのままローザが話すと、ナンシーは複雑そうながらもかすかに微笑んだ。

「そう、残っているものもあるのね」

ナンシーはティーカップのお茶を一口飲む。

「一番話さなければいけないのは、エインはアル坊ちゃんと顔立ちも背格好もよく似ていたことでしょうね」

「え……？」

まるで恐ろしい事実を明かすときのような密やかな声音に、ローザは戸惑った。

けれど、遊び歌の一節を思い出す。

「かわいい金と真鍮の男の子、夕焼け黄金に紛れたら、見分けが付かない仲良しこよし……」

「ええ、歌の通りです。エインは淡い茶色の髪色さえなければ、見分けが付かなかったほどアル坊ちゃんとそっくりだったわ。そのせいで、『エインは伯爵と従妹の子供なのではないか』という憶測が飛ぶくらいに」

ローザはさっと青ざめる。その噂で、起きうる騒動に想像がついたからだ。

ナンシーは苦く微笑みながら続けた。

「ええ、旦那様が従妹様を呼び寄せた理由も、エインを屋敷に置くようになった理由も説明がつくと。旦那様をよく知らない方は口さがなく言いました」

「もしや……グレイ卿は……？」

あまりにも残酷で恐ろしい想像をしてしまったローザの震えるような問いかけに、返ってきたのは意外にも力強い否定だった。

「まさか！　旦那様が奥様を愛されていたのは、使用人の間では周知の事実でしたもの」

「あの、え……グレイ卿が⁉」

ローザはさすがに驚いた。晩餐会でのエリオットの態度はとてもではないが、そのようには見えなかった。

あそこまでニーアムに拒絶されても、離婚に応じないのは不思議だとは思ったけれど。

ナンシーは今ばかりは少しだけ、不満と義憤を混ぜて答える。

「だって、旦那様が奥様に舞踏会で一目惚れをして結婚を申し込まれた話は、古参の使用人達の間では有名でしたからね。旦那様は艶福家な大旦那様の行いを嫌っておられましたから、従妹様についても純然たる厚意ですよ。そもそもエインが生まれたのは、従妹様が平民の夫と暮らしていた時期です。エインが旦那様の子などあり得ません」

言い切るナンシーの剣幕に押されたローザだったが、ニーアムに対する疑問がすべて繋がった気がした。

「ですが、その噂を奥様は信じられているのですね」

「……疑惑だけで、人は心を病めるものですのよ。なにより、従妹様があまりにも旦那様方の厚意を受け取るに値しない女だったせいで拗れてしまいました」

　ナンシーに悲しみと同時に憎々しげな色が覗いた。

「村人の話では、従妹様はエインに『あなたにはお屋敷に住まう方の血が流れているのよ』と言っていたそうです。『自分はこのようなところで暮らす者ではないのよ』とも」

「それは……かなり、誤解を生む言い回しですね」

　ローザは眉を顰めるしかなかった。

　エインが従妹とその夫の子供と知っているのであれば、その言葉は「グレイ伯爵は自分達の親戚だ」という意味だ。

　だがもしなにも知らない、あるいは従妹と伯爵の仲を疑っている者が聞けば……。

「まるで、エインさんに『父親はグレイ伯爵だ』と話しているように聞こえます」

「ええその通りです。エインは己の母のことを『僕が世話をしてやらないと死んじゃうお姫様』と言っていました。従妹様は最期まで高貴な者である意識が抜けなかったのでしょうね。己の浅はかな言動が、どれほど周囲に影響を及ぼすか全くわからずに話していたのですから。その振る舞いのせいでどれだけの者が不幸になったか。私は従妹様を生涯許しません」

ナンシーは饒舌（じょうぜつ）だ。それだけ長年ため込んだ憤懣（ふんまん）やるかたない気持ちがあるのだろう。

彼女の話は主観的で、すべてを鵜呑（うの）みにしてはいけないと思う。

けれど名も知らぬエインの母親は、自分の母とは違うのだとローザは理解した。

ナンシーはさすがに自分が熱くなっていたと気づいたらしい、申し訳なさそうにする。

「ごめんなさいね。エインの話だったのに、別のところに飛んでしまったわ。あなたが聞きたいのは、エインとアル坊ちゃんがいなくなったときの話よね」

「はい、行方不明になる直前になにか変わったことがあったのでしょうか？」

ローザが促すと、ナンシーは考えを巡らせるように首をかしげる。

「そうね……ああ、前日に二人とも、アル坊ちゃんの服装をしていたの。どちらも仕草も真似（まね）てね。夕暮れ時の外だったから、髪色も同じ金色に見えて……お世話をしていた私ですら見分けが付かないほどでしたわ」

その話を聞いて、ローザはジョシュアの髪色を思い出す。すべてをあかね色に染める夕日であれば、見分けが付かなくなるのも無理はないだろう。

「エインと話された奥様はひどく動揺されていて……そう、その夜はじめて旦那様がエインをお叱りになったんです。ショックを受けた様子のエインをアル坊ちゃんが慰めていて……翌日二人は行方不明になりました。私に『妖精の輪を探しに行く』と言い残して」

しんみりとしたナンシーの話を、ローザはなんとか呑み下そうとした。

衝撃的な話だった。
まず間違いなく幼少期のアルヴィン達が失踪したのは、妖精の輪が原因であり、エイン
が切っ掛けになっている。
そしてニーアムの黒魔術や、離婚を望んだ件も。
「奥様は坊ちゃん達の捜索が打ち切られたあともグレイ家に残る資料を当たったり、妖精
の逸話を探し回ったりしておられました。ですが、七年後に帰って来たアル坊ちゃんを見
て、奥様は精神の均衡を崩されたのです」
ニーアムは、戻って来た子供をアルヴィンと認められずに精神の均衡を崩したとローザ
は聞いていた。
だがこの話を聞いたあとでは、印象がまるで変わってくる。
なぜならアルヴィンは感情を……つまり今までの人格を失っていて、唯一の違いである
髪色すら変わっていた。
ニーアムの夫の不義を疑う心が消えない中で、見分けが付かない子供が現れたら。
ナンシーは、哀れみとやるせなさを込めて言う。
「奥様は、旦那様を許されていないのでしょうね。だからこのように騒ぎを起こしている
のでしょう」
しかしローザはナンシーが語る「伯爵を許せない」という点には、なんとなく素直に同

意できなかった。

エリオットは、あまりにニーアムの心情を考えられていないと思う。

アパートで暮らしていた頃、相手に愛想をつかし、ただ傷つけるためだけに騒ぎを起こすような事例も、悲しいがローザは知っていた。

だが、ニーアムは確かに離婚したがってはいたが、その行動は憎悪や悪意からくるものには感じられなかったのだ。

「奥様は妖精のことや、例えば魔術やおまじないについてお詳しかったのでしょうか」

「ええ、古今東西の超自然的なことを調べていらしてね。旦那様は胡散臭く思っていたようでしたけれど。私は奥様の探求はあくまで学問としての調査だったと思いましたよ。それも表に出すようになったのは、今回起きた妖精の輪からですし」

ローザが通された蒸留室にあった資料の山を思い返しても、真面目に調べていたという印象を裏切らない。

ならば、おまじないについての手法や効果も正確に知っていただろう。

カブの料理や、キャンドルのおまじないなど、ニーアムがしているのは、すべて別れのためのおまじないだ。

けれど彼女はユニコーンの角のゴブレットを自ら使い、お茶を飲んで見せた。あのときローザは、なぜ自分で使うのかと思った。

カブの料理もそうだ。セオドアが読み上げてくれた手順が脳裏をよぎった。

『「愛を拒む食べ物であるカブの料理を、嫌いな相手に食べさせましょう。食べた相手は穏便に立ち去ってくれます」……俺は数え切れないほどカブ料理を食べてきたぞ』

ニーアムが、エリオットを立ち去らせたいと考えるのであれば、手順がおかしい。

それでも、この違和感を追いかければ、ニーアムについて解き明かせるかもしれない。確認しなければならないことはある。

だがローザの心に沈殿する不安は、溶け残った雪のように黒ずんでいた。

＊

アルヴィンがジョシュアを連れて戻って来たのは夕方前で、彼はナンシーから話を聞けずに屋敷へ帰って来た。

アルヴィンの部屋で、ローザは彼らがなにをしていたのか話を聞かせてもらった。

「ジョシュアが帰りたくないと言ったから、彼の案内で子供達が見つかった場所を一通り見て回ってきたよ。妖精の輪についてかなり確信に近い仮説が立てられたと思う。ジョシュアは『母親』に対してとても思い入れがあるように感じられたね。ローザがその場にいればなにかわかったかもしれない」

椅子に座るアルヴィンはテーブルに地図を広げて、手帳を片手に熱心に見比べて考え込んでいる。

暖炉にたっぷりの石炭が燃やされた室内は暖かく保たれており、テーブルに置かれたオイルランプがオレンジ色の明かりで照らしている。

紅茶とクッキーをテーブルに置いたローザは彼のはす向かいに座ったが、自分の紅茶に口を付ける気にはならなかった。

胸の内では、ナンシーの話とそこから導き出したある可能性が渦巻いている。

アルヴィンは確実に、真相へたどり着こうとしていた。

「あとは、エインについてわかれば僕がなぜ妖精界へ行くことになったのかの手がかりになりそうなのだけど……」

「あの、そのことなのですが」

ローザが声を上げると、アルヴィンは書く手を止めて銀灰の瞳で見返してくる。

「妖精の輪の真相だけを、調べませんか」

風が窓を強く叩（たた）く音が室内に響いた。

ローザは不安な気持ちがあふれてしまいそうになっていた。

妖精の輪の調査だけなら、問題はなかった。アルヴィンの「幸運」は明らかに二十一年前の真相にたどり着くことを拒んでいる。

アルヴィンの顔色も目に見えて悪くなっている。まるで記憶はなくとも忘れたなにかが彼の心を蝕んでいるように。

きっと、この先に待っているのは、彼にとってよくない記憶だ。

だから、ローザは自分の心に課した戒めを破り提案した。

「思い出せない記憶なのであれば、無理に思い出す必要はないのではありませんか」

アルヴィンがローザに流れる血に惹かれ、ローザの心を優先してしまうというのなら、今だけはそれでいいと思った。

アルヴィンは不思議そうにゆっくりと瞬く。

「君らしくないことを言うね。いつもの君なら『なぜそう感じたか』……現象だけでなく、そのときの心まで知るべきだと言うだろう?」

当然の疑問だろう。妖精に殺してもらいたいと願っていた彼が、エインにたどり着いたとき、どのような行動をとるのか恐ろしくて堪らなかった。

アルヴィンにもし「大丈夫」と言われても、妖精の輪の中へ消えて行ってしまうのではないかという不安が拭えない。

ローザがアルヴィンを慕う心は本物だ。彼の役に立ちたいという願いも、彼が少しでも辛くなければ良いという気持ちも変わらない。

それでも、彼の心を信じ切れない苦しさと罪悪感に溺れてしまいそうだった。

あなたを失うのが怖い、と言うべきだろうか。

伝えたら、彼は止まってくれるだろうか。

──その答えを、今の自分は信じられる？

ローザが逡巡していると、アルヴィンがペンをテーブルに置いた。

「僕がグレイ領に行くと話す前あたりから、君は僕になにかをためらっていたね」

「っ」

気づかれていた。ローザは動揺と羞恥で頬が熱くなる。

そうだ、アルヴィンはローザのことをよく見てくれている。感情に鈍くとも、思い悩む仕草やためらいの表情などは読み取れただろう。

まさか、なにに思い悩んでいたのかまで察せられてしまったのだろうか。

ローザがおずおずと見返すと、当の彼は少し困ったように眉尻を下げた。

「ただね、君が強い不安に苛まれているのはわかるのだけど、色んな心当たりがあり過ぎて特定ができないんだ。ごめんね」

体を強ばらせていたローザは、彼の心底申し訳なさそうな謝罪に気が抜けた。

謝ることではない。もの言いたげなのに沈黙するローザに対し、不愉快になってもおかしくない。なのに、彼は謝ってくれるのだ。

アルヴィンはそういう人だった。理不尽に怒らない、不器用に優しい人だ。

「だからね、君の口から聞かせてくれないかな」

「アルヴィンさん……」

その優しいお願いに、ローザは不安で息苦しい胸元を摑んだ。

ロケットの感触がある。どうか、ほんの少し踏み込む勇気がほしかった。

「アルヴィンさんは、まだ妖精にご自身を殺してもらいたいと願っておりますか」

冷気の混じる室内に、ローザのささやかで、決定的な問いが解けていった。

燃える石炭が、ぱちんと弾ける音が響く。

アルヴィンは驚いたように軽く目を見張った。

が、すぐには答えず、考えるようにけぶるようなまつげを伏せる。

「わからない」

嘘偽りのない、素直な答えだとローザは感じた。

意外に衝撃も悲しみもない。なぜだろうとローザは考えて、すぐに気づいた。

アルヴィンは否定しなかった代わりに、肯定もしなかったのだ。

彼はテーブルの上に組んだ手を載せると、自分の心を探るようにゆっくりと続ける。

「以前セオドアがこう言ったんだ。僕の行動は過去に大きな過ちを犯し、自身が幸せになるのが許せない人間のものだと。そうなった原因を見つけて、君から受け取ったものから逃げてはいけないと」

セオドアの厳しくも真っ直ぐな言葉に、ローザは自分まで胸を突かれた気がした。

だが、アルヴィンに与えたものなど心当たりがない。

「わたしは、ただいただくばかりで」

「いいや、僕は確かに君から貰っていたよ」

アルヴィンが身を乗り出す。

暖炉とオイルランプに照らされた彼の髪が金色に煌めいた。

「君は僕の心を信じてくれた。家族を取り戻してくれた。そして」

アルヴィンの指先がローザの頬に触れる。

「僕に失う恐ろしさを刻んでくれた」

ローザは頬をなぞられたあとが、甘くしびれたような錯覚に陥った。

自分の心が揺れるのを恐れたローザは、顔を背けてアルヴィンの指から逃げる。

「君がいなくなると考えただけで、胸が張り裂けそうに痛かった。けれど、僕は君と共にいたい理由をきちんと説明できないんだ」

アルヴィンの思わぬ告白に驚いたローザだったが、ひゅっと息が詰まる。

共にいたい理由を説明できないのは、ローザに流れる妖精の血のせいかもしれない。

『彼の想いは偽物だ』

ロビンの言葉は胸に刻まれている。

うつむきかけたローザの顎を、アルヴィンが掬った。

彼のじっくりと観察するようなまなざしから逃げられない。

アルヴィンはローザの潤んだ青の瞳を確かめるように覗き込んだ。

「表情が曇ったね。最近の君は僕が感情にまつわる話をすると、不安の反応をする」

「ごめんなさい……」

「謝らないで。悪いのは、君が呑み込んだ言葉を察することができない、この感情に名前を付けられない僕のほうだ」

言い切ったアルヴィンは、ローザが膝の上で握りしめている手に己の手を重ねた。

「僕は君とこれからも共にいたい。だから、君との将来を考えるときに覚える忌避感の正体を突き止めなくてはいけない。僕は妖精を求める気持ちと同じくらい、この空白に向き合いたいんだ」

ローザは、重ねられた手の大きさと温かさに震えた。

言葉の一つ一つが、ローザの怯えた心に染み込んでいく。

相手への労りと、少しの不安を含んだ、穏やかな決意だと思った。

激しく心を揺さぶられ、ローザは泣き出しそうなほどの喜びに包まれた。

アルヴィンが今回の調査を決意したのは、けして死に急いでいたからではなかった。

ローザと共にいるために、感情を取り戻そうとアルヴィンはここに来た。

そう、話してくれたのが嬉しくて——それでもひとつまみの不安が残るのが申し訳なくて。ローザはかすかに唇を震わせる。

アルヴィンは冷たいローザの手を温めるように握り込む。

「だから君が今抱えている不安を教えてくれないかな。グレイ領での調査依頼を受けたとき、僕が死にたがっていると知っている君なら止めると思っていた。止めなかった理由があったはずだ」

ローザはアルヴィンに包まれた手の温もりを感じながら、己の不安と向き合った。

彼からどのような反応が返ってくるかわからず、恐ろしさが口を重くする。

打ち明けなかったこと自体が、彼に対する裏切りのようなものだった。

けれど、アルヴィンは心を明かしてくれたのだ。ローザも、勇気を振り絞るべきだ。

かさかさに乾いた唇を湿らせて、ローザは唇を開いた。

「わたしは、アルヴィンさんの気持ちを、疑ってしまっていたのです」

「僕の？」

こくん、と頷いたローザは、どこから話そうかと懸命に頭を巡らせた。

自然と自分の瞳を押さえる。

「ロビンさんは、この青の瞳は妖精の血が流れている証しだと教えてくれました」

アルヴィンの表情がすっと真剣になる。

「そして、妖精の血を持つ子は妖精に狙われやすく、一度妖精に遭遇した人間にも執着されるそうです。ロビンさんが言うには、妖精に魅入られた人間は、本人の意志と関係なく妖精を求めるから、それで、それで……」

この心地好い関係が、変わってしまうかもしれない。

それでも、アルヴィンのことを……ローザが今感じた彼の想いを信じたかった。

「アルヴィンさんが、わたしを大切にしてくださるのは、妖精の瞳のせいかもしれないと、不安になりました」

ローザの目が潤む。心臓は不規則に鼓動を打ち、嫌なものが喉元までせり上がってくるのをなんとか呑み下す。

きっと、今自分の瞳には金の燐光が舞っていることだろう。

ローザは胸が張り裂けてしまいそうなほどの不安のまま、恐る恐るアルヴィンを見る。

彼は、戸惑いをあらわにぱちぱちと瞬いていた。

「びっくりした。君はそんなことで悩んでいたのか」

さすがにこんなあっさりした反応は予想外で、ローザはぽかんとする。

だがアルヴィンは気が抜けたように肩から力を抜きつつ考え込んだ。

その銀灰の瞳には、ローザが大変見慣れた、妖精に対する強い興味があった。

「妖精の瞳か、妖精と人との婚姻譚は各地に伝承されている。ロビンの言葉を信じるのであれば、君の存在自体が妖精の実在を証明するわけだ。とても良いね。しかも僕が妖精に執着する理由にもいくつか腑に落ちる点がある」

ローザの手を離したアルヴィンは、さっそく紙とペンを引き寄せる。

今までの深刻な雰囲気はなんだったのか。ローザは心の置き場がなくて、ほんの少しだけ恨めしくなった。

「アルヴィンさん。贅沢ではありますが、それはさすがに拗ねたくなります。わたしはとっても悩んでいたのです」

「ああ、ごめんよ。そうだ、人は打ち明けた話題を真摯に受け止めてもらえないと、不当に扱われたと不愉快になるんだった。ローザ、けして君の気持ちや悩みが軽いものだと思ったわけではないんだ」

メモをとる手を止めたアルヴィンは、微笑みながらローザに向き直る。

「つまり君は、僕が君と共にいたいと感じる想いが、妖精の瞳が原因ではないかと考えた、ということで良い？」

「はい、アルヴィンさんがわたしを拾って、大事に骨董店に置いてくださるのは、それが理由かもしれないと思いました。もし、アルヴィンさんが今回の調査で妖精に出会って感情を取り戻せば、わたしに対する感情が偽物だとわかるかもしれない、と……」

「だから君は僕の調査を止めなかったんだね。ああ、僕の本心を確認しなかったのは、僕が君を慮って嘘を言う……あるいは僕自身が自覚なく、君の瞳に影響を受けて虚偽を語るかもしれないと考えたからか」

納得するアルヴィンに、明確に言葉にされたローザはこくんと頷くしかない。

ローザは、このまま不安を抱えているのが苦しくて、だから区切りをつけようと考えた。

他人の口から改めて聞くと、利己的な気がして恥ずかしくなった。

アルヴィンはそうは思わないのか、不思議そうにした。

「うーんとね。まず君と僕の認識のずれをすり合わせておこうか。君を大事に雇用する件についてだけど、僕は君がいなければ骨董店を営業できないからだよ」

「そんな、ことは……」

「セオドアにもクレアにも聞いてみたらいい。口を揃えて『ローザが来てからまともに店が開くようになった』と答えてくれるはずだ。僕自身の評価ではなく、信頼する第三者の評価だったら信用できるだろう？」

あまりにも堂々と情けないことを話すものだから、ローザは反論できなかった。

冷静に自分がしてきた業務を振り返ってみると、心当たりがなくはない。

アルヴィンが「なんとなく」で店を閉めようとしたときに、ローザが店番を引き受けたことは何度もある。女性客がアルヴィン関連でいざこざを起こしかけたときに仲裁に入るのも日常の業務だ。

ローザが納得しはじめていることに気づいたのだろう、彼は微笑みながら続ける。

「雇い主としては、功績のある従業員を重用するのは当然だ。気配りができて、店主の僕を立ててくれるけれど、はっきりと意見できる強さもある。以上から青薔薇骨董店(ブルーローズアンティーク)で君を雇う理由は、君が言う『執着』とは別のところにある。切っ掛けはどうあれ、あくまで僕は君の仕事ぶりを評価して雇ったつもりだよ」

忌憚(きたん)のない意見に、ローザはもう充分な気がしてきた。

淡々とした口ぶりだからこそ、アルヴィンが本当にそう思っていることが感じられる。

懸命に働いてきたことをきちんと評価してくれた。認められたことが嬉しくて、不安が徐々に解けていく。

安堵(あんど)でこみ上げてくる涙を抑えるので精一杯だった。

アルヴィンは少し心配そうにしたが、気づいたように話を戻す。

「けれど、君が最も知りたいのは、僕が君に覚える感情についてだ。妖精に植え付けられた執着なのか、もっと別のものかだね。それは、きっと今起きている出来事を追っていけばわかる。それまで僕の感情は不明、保留としておこう。僕も君に共にいてほしいという願いを保留にしておく」

「はい」

寂しく感じながらも、ローザが了承すると、アルヴィンの眉尻がかすかに下がる。

「でもね、僕はこの胸にあるものが偽物じゃないと良いと思う。今まで君と過ごした時間は心地好かったから」

アルヴィンは、感情が偽物かもしれないという疑惑を示されたのに、今まで共に過ごした日々で感じたことを優先してくれる。

思い悩んでいた自分が、救われた気がした。

「あれ、ローザ、泣いているの。嫌だった？」

ぽろぽろとこぼれる涙を抑えられず、静かに泣き出したローザに、アルヴィンは少しだけ狼狽えながら椅子から腰を浮かせる。

ローザの傍らに立った彼はどうすべきか手をさまよわせて、結局肩に置くと背中をぎこちなくさすり始めた。

先ほどはためらいなく頬や顎に触れてきたのに、それがなんだかおかしくて、ローザは泣きながら微笑んだ。

「ほっとして、嬉しくて、良かったと思ったのです」

ローザが悩む相手がアルヴィンで良かった。

少なくとも、彼と過ごした時間は、嘘ではないと信じられる。

背中を撫でる手の温かさに浸っていると、アルヴィンは納得してくれたようだ。

「でも、良かった。僕は君を大事にできていたのだね」

「アルヴィンさんは、大事にしてくださっています」

はじめて出会ったときから、今までずっと。

はらり、と涙の雫をこぼしきったローザは心に決める。

ならばアルヴィンに伝えるべきだ。ナンシーから聞いた当時の出来事を。

きっと彼ならば、ローザが気づけないなにかに気づくだろう。

「お伝えしなければいけないことがあります。わたしは、ナンシー・ヘイルさんからエインさんについてお聞きできました」

ローザはつかの間、妖精の幸運を警戒した。

けれど、なにも起きなかった。暖炉の石炭が弾けて小火にはならず、窓の外は相変わらず風が強いが窓を割りはしない。

静かだ。ローザは少し拍子抜けしながらも続けようとすると、表情を引き締めたアルヴィンに制された。

「ちょっと待って」

彼は自分の荷物へと歩いて行くと、なにかを取り出して戻って来る。

テーブルに置かれたのは小瓶だ。ラベルには「気付け薬」と書かれている。

他にも鉄製の蹄鉄をテーブルに置いた。

「気付け薬は僕になにかあったら使って。気休めだけど、蹄鉄は妖精除け代わりだ」

アルヴィンは蹄鉄をなぞる。

「蹄鉄は妖精に対しては取り替え子除けにゆりかごに入れられたりすると、前に話したね。他にも幸運のお守りとしても使われていて、上を向けて飾ると『幸せを受け止める』となるし、下を向けると『不幸を振り落とす』となったりする。おまじないはやり方次第で、意味合いが変わってくる。どれが本当に効力があるかはわからないけど、今はそれに縋るしかない」

「やり方次第で、意味合いが変わってくる……」

ローザはふとニーアムのしていたおまじない達が脳裏をよぎった。

手順が違うと感じたときの違和感は、おそらく……。

なにかを摑めた気がした。

だが、アルヴィンの伏し目がちな横顔が青ざめているようで、ローザは案じる。

「大丈夫ですか、顔色が……」

「ローザ、もしかしたら僕はまた倒れて、エインについて聞いた話を忘れてしまうかもしれない。そのときは怖がらず、もう一度教えてほしい。君の記憶を、僕は信じるから」

「アルヴィンさんも、不安なのですね」

椅子に座り直したアルヴィンは、自分の心を探るように、少しだけ眉を寄せた。

「おそらくそうだ。けれど、僕は君がいるから、向き合える」

彼のゆらゆらと揺らめく瞳が、ローザを捉える。

ローザはせめて安心させてやりたいと、アルヴィンを見つめたまま、エインの物語を語り始めた。


アルヴィンは気付け薬を使う必要もなく、最後まで静かに聞いていた。

短くなってきたランプの芯を、ローザはレバーを回して調整する。

熟考していたアルヴィンが、ようやく口を開く。

「そうか、彼女は本当に、僕が自分の子供かエインかわからなかったのだね。当然か、今ここにいる僕も、本物のアルヴィンである確証はない」

淡々とした乾いた声音だった。ローザはアルヴィンの呟きで、その可能性もあるのだと思い至り、配慮が足りなかったと悔やんだ。

ローザの案じる表情がわかったのだろう、アルヴィンはいつもの微笑みを浮かべた。

「ローザが深刻になる必要はないよ。僕の幼少期の記憶が信用できないのは自明だし」

「でも、わたしが存じているのは、今のアルヴィンさんです」

ローザはどう言えば伝わるのかわからず、抽象的な表現になってしまった。

それでもアルヴィンは銀灰色の瞳を和ませる。

「うん、だから大丈夫。さあ、ここからが重要だ」

改まるアルヴィンにつられて、ローザも居住まいを正した。

「鍵を握るのは、僕とエインが取り替え遊びをしたさい、ニーアム・グレイがなにに怯え、エリオット・グレイがなにに怒ったのか……そして、どう怒ったかだろう。僕としても、妖精の輪をより正確に知るためにはニーアム・グレイの証言が必要だ」

アルヴィンの推察に、ローザは自分の中に宿ったニーアムに対しての印象を思い返す。

「アルヴィンさんは、グレイ夫人がされているおまじないについてどう思われますか？」

ローザ一人では自信が持てない違和感だったが、幅広い知識があるアルヴィンならはっきりわかるはずだ。

期待した通り、アルヴィンは記憶を検索するような間のあと、さらりと答える。

「あれは、目的と手法があべこべだよね」

「やはり、アルヴィンさんもそう思われますか」

「ローザには理由がわかる？」

アルヴィンの問いに、ローザはためらいがちに頷く。

ニーアムは聞く人ごとに印象が全く違う。

エリオットは心を病んだ女性。村人達は、子供を攫う魔女。ジョシュアは自分を救ってくれた人。ナンシーは傷つき切った哀れな女性。

どれも、彼女のすべてを表しているとは思えない。

──だから、頼りにすべきは自分の印象だ。

蒸留室（スティルルーム）で、ユニコーンのゴブレットを使って見せた彼女。

晩餐会（ばんさんかい）で取った態度。

そして、アルヴィンを助ける手助けをしたときの表情。

「君は、グレイ夫人をどうしたい？」

アルヴィンの問いかけがローザの心に木霊する。

彼はけしてローザの心を遮ろうとしない。

だから自分は、真っ直（まっす）ぐ想（おも）いに向き合える。

「わたしは、グレイ夫人を……いいえ、ニーアム様を、どうしても許すことはできません。けれど、彼女がこれ以上苦しむ必要はないとも思うのです」

何度考えても、ニーアムが幼いアルヴィンを苦しめたことは変わらない。かといって、ローザは自ら破滅を選ぼうとする彼女を見過ごせなかった。

「だからわたしは、彼女の心を暴きます」

彼女が必死に隠し、願ってきた事柄を白日の下にする。それがローザの心の落とし所だと思った。

ローザがその方法を語ると、静かに聞いていたアルヴィンは興味深そうにした。

「なるほど、それなら様々なことを一気に解決できるかもしれない。なら僕はグレイ卿（きょう）をなんとかしよう。妖精の輪の原理はわかったから、取り引き材料にできるし」

「えっ、良いのですか?」

妖精の輪の原理がわかったことも驚きだったが、あの非友好的なエリオットをなんとかするというアルヴィンに、ローザは心配になる。

ローザの懸念も気にせず、アルヴィンはテーブルの地図に視線を向ける。

「ああ、グレイ夫人が本当はなにをしているのかは話せる。ローザの推測が正しければ、グレイ卿は僕の取り引きに応じるだろう。——だから、気にせず夫人と話しておいで」

「はい」

アルヴィンの頼もしさを心強く思いながら、ローザは頷いた。

とにかく、ニーアムと話す機会を作らねばならない。

しかし、その翌日に事態は急展開した。

ジョシュア・ヘイルが行方不明になったのだ。

五章　エインセルの金貨

ジョシュアがいなくなったことに気づいたのは、祖母のナンシーだった。

朝にはすでに姿がなく、前日に言い争いをしていたために拗ねているのかと思ったが、夜になっても帰って来ない。

これはおかしいと思ったナンシーが村に下り、尋ねて回ると、誰もジョシュアを見ていなかった。

捜索隊が結成される中、村人達の中から声が上がってしまう。

「子供を攫ったのは、魔女であるグレイ伯爵夫人ではないか」と。

「そのような流言が広まり、門扉の前に村人達が集まっている。魔女を出せとな」

ローザ達が状況を聞きに行くと、クリフォードが厳しい顔でそのように教えてくれた。

アルヴィンは指を顎に当てて思案する。

「ジョシュアはグレイ夫人の捜し物を手伝いたいとしきりに話していて、危険だと説得しても聞き入れる様子はなかった。おそらく出かけても咎められない深夜か朝方にかけて森に入ったのだろう。そこで帰って来られない不測の事態に遭遇した可能性が高い」

「でしたら、早く見つけて差し上げなければ！」

森の中はかなり起伏があり、くぼみに填まれば小柄なジョシュアは見つかりづらい。

「そうだね、もし再び妖精の輪に遭遇していたら彼自身が声を上げられない状況になっていてもおかしくない。今は昼夜の寒暖差が激しいから、時間が経過すればそれだけ子供の体力では危険になる」

アルヴィンもいつもより声が低い。その声色でローザにも切迫した状況が察せられる。

けれどクリフォードは難しい顔で懸念を示した。

「だが、ホーウィックの森は広大だ。現に村人達が見つけられていない。闇雲に探し回っても見つかるものか」

「探す手がかりはグレイ夫人が持っているはずだよ」

「母さんが？」

クリフォードが驚く中、忙しなく叩くノックと共にジョンが転がり込んでくる。

「マイロード、旦那様と奥様が言い争っておられます！」

クリフォードと共にローザ達も急ぎ足で向かうと、玄関ホールでエリオットとニーアムが対峙していた。

　エリオットは自宅にもかかわらず、きっちりとしたフロックコートを身につけて、その横顔は厳しい非難に満ちている。

　ニーアムは今日も黒色のドレスに足元は丈夫そうなブーツで固めており、肩には貴婦人が持つには不釣り合いな大きな鞄が提げられていた。

　彼らを取り巻く空気は冷え切っていて、ローザはそのあまりの険悪さに少したじろいだ。

「今出かける必要はないだろう。部屋へ帰りなさい」

「あら、あなたは妻の外出すら管理されますの？　ひどい夫ですこと」

「ニーアム、今ははぐらかしている場合ではないのだぞ！」

　声を荒らげるエリオットに、ニーアムは一瞬怯んだものの、努めて冷静を装った。

「わかっておられないのは、あなたのほうでしょう？　わたくしを外に出せば解決しますのに、それをなさらないなんて。まだどうにかなるとお思いなの？」

　小馬鹿にするニーアムに、顔を真っ赤にしたエリオットが詰め寄る。

　二人の関係が崩壊寸前なのは明らかだった。

　だがローザはニーアムの表情の中に、複雑な期待が含まれているのを見て取った。

　やはり……ローザの考えていた通りなのか。

「父さん、母さん、やめてくれ！」

　クリフォードが彼らを止めようと声を張り上げる中、ローザは深呼吸をする。

このままニーアムを行かせれば、気が立っている村人達に取り囲まれるだろう。混乱し動揺する集団に、相手の身分は関係ない。話し合いなどですむ保証はない。

「クリフォード、邪魔をするな」

エリオットが叱り、ニーアムに手を伸ばす。

ローザは小柄な体を生かして、エリオットとニーアムの間に割って入った。

「!?」

強引だったため、エリオットが勢いよく引いた指がローザの頬にかする。

予想外の行動だったのだろう、ニーアムが驚いてローザのつむじを見下ろす。

指がかすった頬が熱を持つのを感じたが、ローザは気にならなかった。

エリオットもまた、ローザの頬に傷を付けてしまい若干我に返ったようだ。

今まで視界にすら入っていなかった少女に割り込まれて驚いていたが、しかしすぐに渋面になる。

「邪魔だ、どきな……」

「伯爵様、店主が妖精の輪の原理を解明できたと申しております」

アルヴィン以外の全員が驚く中、ローザははじめて正面からエリオットと対峙する。

いらだちをあらわにしかけるエリオットだったが、金粉が舞う青の瞳に射貫かれ気圧される。

「その間、わたしはグレイ夫人にお話がございます」

「なにを勝手なことを」

エリオットの抗議を無視し、ローザはくるりとニーアムを振り返る。

「奥様、あなたがなさっているおまじないについてです。よろしいですね」

ローザが確認すると、ニーアムは軽く目を見開いた。

表情に少しだけ恐れと怯えが混じる。

すぐに感情の色を仮面の裏に押し込めたが、ニーアムは了承した。

「よいでしょう」

「ニーアム！」

エリオットが咎めても、ニーアムは一瞥しかしなかった。

ローザは最後にアルヴィンへ視線をやる。

「アルヴィンさん、お願いいたします」

「大丈夫、任せて」

頼もしい返事に元気づけられて、ローザはニーアムと共にその場を離れた。

ニーアムが選んだのは、ローザが彼女とはじめて会った蒸留室だった。

暖炉にはまだ火の気があり、テーブルの上には乱雑に紙束とペンが広げられたままにな

っている。つい先ほどまでこの部屋を使っていたことを感じさせた。わたくしについて聞いて回っていたよう

「それで、わたくしになにを言いたいのかしら。わたくしについて聞いて回っていたようだけれど」

彼女からは、カンファーの香りと共に、警戒している気配が伝わってくる。

それでもローザは相手以上の気迫を持って対峙した。

「あなたの心を、暴きに参りました」

ニーアムのまなざしが細められた。その仕草はアルヴィンに似ているかもしれないとふと思った。

ローザは彼女の視線を感じながらも室内を見渡し、棚に置かれている男女のキャンドルの片方を手に取る。

「奥様は伯爵様と離婚をするために、おまじないをされているとおっしゃっておりました。確かにおまじないはすべて、男女の関係を終わらせるためのものでしたね」

「ええ、それが？」

予想通りの問いなのだろう、ニーアムに動揺する気配はない。

ローザは、今まで確かめたことを反芻（はんすう）しながら言葉を紡ぐ。

「ただ、奥様がされていた『愛を拒む食べ物とされるカブの料理を食べる』ですが、これは、相手に対して行うべきおまじないです」

そう、ローザが感じた違和感、そしてアルヴィンがあべこべだと言ったものの正体は、おまじないをかける対象が違うからだった。

他にもランドリーメイドに聞いたところ、マグワートの抽出液で洗う洗濯物はエリオットのものではなく、ニーアムのものだった。

アルヴィンに確かめたら、洗濯のおまじないは、別れたい相手の洗濯物を洗うことで効力があるのだという。

ニーアムは本来相手にかけるべきおまじないを、自分にかけていたのだ。

その矛盾を指摘すると、ニーアムは視線をそらした。

「たまたま、間違えただけよ」

「いいえ、あなたから漂うカンファーの香りは、望まぬロマンスから身を守るためのおまじないです。常に纏(まと)われているのは、何度もおまじないをしている証拠でしょう。正確な手順をご存じのはず。あなたは意図的にそうしたのですね」

ローザの断定に、ニーアムは口をつぐんだ。

彼女は本気で否定しようとはしていない。きっとローザがこれから言うことも予期しているだろう。

だからローザは解き明かしをするために、キャンドルを一旦置くと、今度はひっそりと飾られているユニコーンのゴブレットを取り上げた。

「手がかりは、あなたが望まれたユニコーンの角です。こちらは古来、万病を癒やすものとして珍重されておりました。では、ユニコーンの角のゴブレットを使って奥様が治したい病とは、なんだったのか」

ニーアムやフレヤ、そして青薔薇骨董店(ブルーローズアンティーク)に来た女性達を見てきたローザはおまじないをする心理について、多少なりとも理解している。

おまじないは、本当に効力があるかはわからない、曖昧なものだ。けれど心のどこかでは縋(すが)りたいほどの祈りが込められていて、人によっては切実な願いが託される。

ならばニーアムは、ユニコーンの角を自分に使って治したい……——終わらせたい願いがあったのだ。

ただの薬では治せない、おまじないのような手法に縋った理由は、その病もまた形のないものだったから。

ローザは静かな気持ちで、彼女の心を暴く。

「治されたかったのは、恋の病。奥様自身は、伯爵様を愛しておられるのですね」

それが、精神を壊し、アルヴィンを拒み、魔女と呼ばれた女性の真実(おもい)だった。

＊

ニーアムは長年抱えてきた過ちを言い当てられても、心は不思議と凪いでいた。

ほんの数日前に会ったばかりだが、彼女の青のドレスに負けないほど美しい青の瞳に、侮蔑などの色がないからだろう。

彼女はただ静かに、ニーアムを見上げて続ける。

「おまじないを逆にすれば、自身の恋を終わらせるおまじないになる。そう、考えられたのですね。ですがそれならば、なぜ離婚されたいのでしょうか」

その通りだ。ニーアムはこの胸に宿った愛を葬り去りたかった。

ただローザはまだ若い、きっと真っ直ぐな愛情に恵まれて過ごしてきたのだろう。

馬車の中で、一心に彼を案じていた姿からも一目瞭然だ。

自分の抱いた愛情とは全く違う健やかさを前にして、ニーアムはいびつに笑った。

ああ、彼女のように素直に他者を愛し、信じられればよかったのに。

「恋と言うには、歪み果ててしまったからよ。だってわたくしは、夫の無実を信じられなかったのだもの」

ローザが表情を曇らせたことで、ニーアムは彼女が大方の事情を知っていると悟る。

ニーアムの愛情は、修復できないほどにバラバラに壊れてしまった。

もう二度と、同じ形には戻らない。

ニーアムの唇が歪んだ笑みを刻む。

「『エインの父親は自分ではない。エインの母はただの従妹だ』とエリオットは答えてくれたわ。わたくしも、理性では彼の言葉を信じようとしたの。けれど顔も知らない女に嫉妬するのを止められなかった」

どこからか、すうと冷気が入り込み、一つだけ点けたランプの火が揺れる。

ニーアムは何度古びきったと考えても、生々しく苛んでくる感情に囚われていた。

ほんの少し心の蓋をずらすだけで、ニーアムは振り回されてしまう。

たぶん、きっと。エリオットには一目惚れだった。

社交界デビューをして間もなく出会った彼は、社交界の中心にいた。ニーアムには輝いて見えて、流れるような仕草でダンスを誘ってくれたときには夢見心地になった。

踊り始めると、どこか不器用でぎこちなくて、踊り慣れていないのに誘ってくれたのだと気づいて胸が高鳴った。

そのあと、家を通じて結婚を申し込まれて安堵したものだ。

自分は少なくとも、自分が良いと思えた人と生涯を共にできるのだと。

エリオットは分け隔てなく、公平な人だった。

忙しい合間でも、ニーアムを妻として過不足なく扱い、好きにさせてくれた。

愛の言葉などはなかったが、貴族の結婚ではそれが当たり前だ。

小説のような熱烈な愛など、求めるつもりは毛頭ない。

だから跡取りとなる長男と次男を産んだニーアムは、充分役目を果たしたことを誇りに、夫を支えていくのだと考えていた。

——エリオットが、従妹とその子供を村に住まわせたと聞くまでは。

「エリオットは公平で優しい人よ。だから従妹さんを見捨てられなかったのでしょう。わかっているわ。だからこそ、わたくしがあの方の特別ではないと思い知った気がしたの」

ニーアムだって貴族の女だ。付き合いのある友人から、愛人に入れ上げる夫を嘆く話を聞いてもいた。自分だって、目をつぶって見ない振りをする度量を持ち合わせる必要があるのだろうと、漠然と思っていた。

それが、自分にはできないと理解してしまったのだ。

エリオットを慕う心が歪んで傷ついた。それでも彼女達を無視することで平静と寛容を装い、貴族の妻として矜持を保とうとしたのだ。

だがエインが屋敷に引き取られた瞬間、ニーアムの心は否応なく猜疑心に囚われた。

「エインは本当にアルヴィンとよく似ていたわ。もう逃げられなかった。不安は簡単に膨れ上がっていくの。子供達が仲良くなっていく度に、わたくしの醜い嫉妬を思い知らされたわ。わたくしがそれでも正気を保てていたのは、エリオットとの大切な絆である子供達の母であることだった。けれどね、わたくしは彼らの入れ替わりがわからなかったのよ」

熟れたオレンジのような夕日の中だった。

ニーアムの前で息子の服装をした二人が、天真爛漫な笑顔で問いかけるのだ。

『どっちがどっち！』

アルヴィンは日の光のような金髪で、真面目で少し優しく自己主張が弱い。

エインは甘いミルクティーのような茶色の髪で、大人びている。

たとえ似ていても、母親なのだからきっと見分けられると考えていた。

ニーアムは選ぼうとして……けれど、夕焼けで髪色の判別が付かない二人の微笑みに強い不安を抱いたのだ。

――本当に、自分が選んだのはアルヴィンか？

疑念はニーアムの中で膨れ上がり、恐怖で答えられなくなった。

すると、片方がニーアムを覗き込んで得意げな笑みになる。

『ここの子は僕でもいいでしょう？　だって僕も旦那様の息子なんだから！』

この少年は、エリオットを父親だと思っていたのだ。

今までニーアムの中で、張り詰めていた糸が切れてしまった。

ニーアムがぼう然としている中で、現れたエリオットがエインに対して厳しい口調で言っていた。

『君の父親は私ではない。だから――……』

うまくエリオットの声を聞き取れないまま、意識を失った。

ニーアムが我に返ったときには、アルヴィン達は行方不明になっていた――

「探しに行くのを使用人に止められて、やがて捜索が打ち切られて、天罰が下ったと思ったわ。貴族の妻としてふさわしくない願いを持ったから、彼らは消えてしまった」

悔恨に苛まれながらも、それでも貴族の妻としてやり直そうとした。

なぜなら自分には幼いクリフォードがいるのだ。しっかりしなければならない。

恋と呼ぶには濁り切ったエリオットへの想いに蓋をして、バラバラになった誇りをかき集めた。

当時幼かったクリフォードは、二人の兄を同時に失った衝撃からか記憶が曖昧になってしまったようだが、ニーアムにはそれもできなかった。

生々しい罪の証しはニーアムが背負わねばならない。いつか妖精が子供達を返してくれることを祈るしかなかったが、それでも次はちゃんと、自分の子供を抱きしめるのだ。

だが、それすらも淡く甘い妄想だった。

「しかも七年後に帰って来た銀髪の子がどちらか、わたくしはまたわからなかったの！」

行き場のない衝動のまま、ニーアムはテーブルに拳を叩きつける。

片付けていなかった紙がテーブルから滑り落ちていった。

帰って来た子供の『母さま？』という声は、七年前と変わらない気がした。

なのにニーアムは知らない子供に呼ばれているように錯覚した。してしまった。

今まで完璧だと思っていた矜持が、もろい張りぼてだったと思い知るには充分だった。

そして、ニーアムは壊れたのだ。

はじめて感情をあらわにして銀髪の子供を罵り、物に当たり散らして醜態をさらした。

それでもエリオットはなにも言わなかった。罵りもせず、いらだちもせず、ただ「そうか」と言って、銀髪の子供をニーアムから遠ざけるように養子に出した。

淡々と采配する彼に、自分の思いは届かないのだと理不尽にも思った。

子供への罪悪感と、自分への失望と、無力感と、感情が届かない絶望に、軋み傷つききった恋心が砕け散る音がした。

テーブルから落ちた小瓶が砕け、濃密なカンファーの香りがあたりに広がる。

染みるような鋭い香りは、すべてを塗り替えるような強さを放っている。

こんな風に、塗り変えられたらよかったのにと、ニーアムは自嘲する。

「壊れたはずなのに、わたくしはまだこうしてのさばっているわ。だから妻としても母親としても失格なわたくしを、早く捨ててほしかったの」

ローザは、感情をあらわにするニーアムを前にしても露とも動じなかった。

ほんの少しだけ、ニーアムは不思議に思った。

ニーアムの知る育ちの良い少女達は、感情をあらわにしないようにしつけられる。そのため強い感情を前にすると狼狽えやすいのだ。

どうして、と思ったところで、ニーアムは彼女のことを「骨董店の従業員」としか知らないと思い至る。

ローザが静かに口を開いた。

「ご事情は、わかりました」

青い瞳が、ニーアムを捉える。

その瞳に煌めくような金粉が散っていた。

「奥様は、罰されたかったのですね」

淡々とした指摘に、ニーアムはようやく腑に落ちた。

濁りきりながらも焼けるような渇望に、名前が付いた気がした。

自分は、許されたくなかったのだ。

苦しくて、悲しくて、罪深い想いを制御できずに、アルヴィン達を失ったのに、誰も……エリオットですら責めなかった。

自分はこんなにも許せないのに。壊れてもぼろぼろになっても、はじめて出会った頃の淡い恋心はそこにある。幸せだったと思ってしまう。

だからニーアム自身が罰するのだ。

「だって、こんな醜くて汚れきった想い、あってはならないもの」

半分以上も年下だろう少女には、このような気持ちはわからないだろう。

ローザは大きく呼吸をしたあと、思わぬ行動に出た。先ほどテーブルに置いた、それぞれ男女を模した二つのおまじないのキャンドルを手に取るなり、乱暴に暖炉へ投げ入れたのだ。

「⁉」

ぱっと、炎が舞う。見る間に男女を模した二つのキャンドルが溶けていく。赤々とした炎に照らされる彼女の横顔に宿るのが怒りだと気づいたときには、ローザはニーアムを向いていた。

「……わたしは、あなたが幼いアルヴィンさんにした仕打ちを、仕方がなかったとは思いません。伯爵様があの人を追いやったことも、理不尽です。けれど今のアルヴィンさんでは、あなた方の事情を説明してしまえば、あっさりと納得されてしまいます。だから、わたしが言います」

彼女の猛烈な怒りを間近で感じた。なのに、なぜかニーアムはようやく己の望んだものが与えられるという安堵を覚えない。

ただローザから発散される大きな悲しみに動揺した。

「アルヴィンさんは感情が著しく鈍くなってしまっただけだったのに、どうして気づいてくださらなかったのか！　優しさでなくても、ほんの少し同情をかけてくだされればそれでよかったのに！　あなたが幼いアルヴィンさんの味方をしてくれなかったことが悔しくてなりません。ですがっ――」

血を吐くように吐露するローザの姿が、眩しく感じられた。

彼女は、あの子の「ほんとう」を見つけて、彼を想っている。

自分ができなかったことをしてのけたのだ。

ローザの金粉の舞う青い瞳が潤む。だが涙はこぼれず、きっとニーアムを射貫いた。

「わたしがあなたを許せずとも、想った気持ちをあってはならないなんて言ってほしくない……っ」

ニーアムはひゅっと息を呑んだ。

彼女は、まるで己の心が痛むとでもいうように、自身の胸を握りしめていた。

「相手の心が信じられない絶望も、その気持ちを捨てられないやるせなさも、すべてなかったことにできたらと思うほど苦しいことです。一端くらいは、わたしにもわかります。それでも、そこまで自罰的になる必要はないのです」

「軽々しくわかるなどと言ってほしくないわ！　わたくしを許せないと言った口で、同情などやめてちょうだい！」

ニーアムは声を荒らげた。同時に自分の心の内をすべて言い当てられ、動揺してしまったのも自覚していた。

ローザはいやいやと首を横に振る。

「お召しになっている黒のドレスは、エインさんを偲ぶための喪服でしょう……!?」

まさか気づかれるとは思わず、ニーアムはたじろいだ。

ローザはもどかしさと口惜しさをあらわにしながらきつく睨む。

「あなたが森で探しているのは、妖精の輪に消えたエインさんでしょう？　戻って来たアルヴィンさんが本物であると確信するために！　その上で厭ったエインさんを偲ぶ優しさを持たれているのです。あなたは！」

纏わり付く黒のスカートをニーアムは握りしめた。

ローザの表情にはニーアムを責める色はあっても、侮蔑や嘲笑はないのだ。

ただひたすら、正面からぶつけられる想いが熱くて、痛みすら感じる気がした。

このような感情の投げつけられ方など、知らない。

「偽善を、あざ笑わないなんて、あなたはどうかしているわ」

「あなたこそどうかしております！」

即座に言い返すローザは、もう原形を留めていない暖炉の中のキャンドルを指さした。

「このようなおまじないに頼る前に！　直接エリオット様を詰れば良いのです！」

言葉にすればあっけない、簡単な結論。

ニーアムのもろく綻びた矜持が吹き飛ばされた。

「いまさら、言えるわけないじゃないっ……！」

アルヴィンという大事な跡取りを失わせたことを怒っていないのか。

精神を壊したニーアムとなぜ別居しなかったのか。

浮気を否定するのなら、ニーアムに対する想いを一言でも教えてくれないのか。

ある面で、ニーアムはエリオットを憎んでいるのだ。

だというのに捨てられたいと望みながら、本音をぶつけてエリオットに侮蔑されることを恐れている。

砕けて歪んで、汚れきってもなお大事にしていた恋心が、エリオットの本心を聞いて跡形もなくなってしまうのが怖かったのだ。

もう、ニーアムに残っているのは、恋だけだから。

立っていられず、ニーアムは崩れ落ちて顔を覆う。

「もう、ほうっておいてちょうだい……」

「いいえ、わたしはあなたを許しません。だから――……アルヴィンさん」

青の少女が唐突に、名を呼ぶ。

嫌な予感がしたニーアムが顔を上げると、冷気が頬を撫でた。

いつの間にか扉が開いており、そこには銀髪に銀灰色の瞳の青年が立っていた。

それだけではない。

彼の背後には、普段の厳めしく引き締められた顔をぼう然とさせる……今、一番会いたくなかったエリオットがいたのだ。

一体どういうことなのか、ニーアムが頭を真っ白にしていると、銀髪の青年が曖昧な微笑みのまま言った。

「あなた達はお互いの前では本心を話そうとしないだろうから、強制的に聞かせたほうが、早くすむという話になったんだ。だからグレイ卿と聞かせてもらっていた」

途中で部屋に冷気が入って来たのは、開いた扉から彼らが盗み聞きをしていたせいか。

ニーアムは羞恥と動揺とあまりの仕打ちに対する怒りでローザを振り返る。

「なんてことを……っ！」

怒りの表し方がわからず、それ以上言葉が出てこないでいると、ローザははじめて哀れみに似た表情になる。

「わたしは、あなたに優しくできません。それに時間がございませんので」

時間がない、という言葉にニーアムは本来なにをしようとしていたかを思い出す。

行方不明になった、エインに似た子を探しに行くのだ。

腰を浮かせたニーアムを制するように、銀髪の子の声が響いた。

「ジョシュアは僕達が探すよ。だからあなたが持っている妖精の輪の発生場所を記録した資料を借り受けたいんだ。あなたは妖精の輪を子供の失踪に関連づけて、二十年近く調べていたはずだよね？　現在ではある程度妖精の輪の発生場所が特定できるはずだ。だからあなたは、失踪した子供達を真っ先に見つけられた」

ニーアムはとっさにテーブルに置いた鞄を振り返る。

確かに闇雲に探すよりはずっと精度が高く探し出せる。

ニーアムがその正体を納得するまでに十数年かかったのに、彼らはたった数日でたどり着いたことに、驚嘆を隠せない。

……彼らを押しのけて探しに行けば、この暴れ回る感情から逃げられるのではないだろうか。

今すぐ、ここから立ち去りたい。

ニーアムが立ち上がりかけたとき、目の前にエリオットが立ち塞がった。

彼の厳しいはずの表情は動揺に彩られている。

「ニーアム……」

掠れた声で呼ばれたニーアムの全身が恐怖で凍える。

こんな形で知られたくなかった。

次の言葉を聞きたくなくて、耳を塞いで顔を背ける。視線の先にあった暖炉では、形代にしたキャンドルが溶けきっていた。

耳を塞ぐ両手を取られて、無理やり振り向かされる。

そこには今まで見たことがないほど必死なエリオットが膝を突いていた。

視線が絡む。

必死に言葉を探しているかのように、彼は唇を開閉して、吐き出した。

「一目惚れ、だったんだ。……――行かないでくれ」

エリオットが社交界でどれほど雄弁に話すか、ニーアムはよく知っている。

いまさら投げかけるのが、そんなたどたどしい言葉なのか。

憎しみとも怒りとも悲しみともつかない感情が、ニーアムの中でぐわりと膨れ上がる。

彼が手首を掴む手は強く冷たく、震えていて、縋り付くようだと思った。

――この人は、こんなに不器用な人だったのか。

彼が不器用だと、自分は知っていたはずではなかったか？

振り払って突き飛ばして罵詈雑言を並べて罵りたいのに、唇は戦慄くばかりだ。

やがて出てきたのは、エリオットと同じくらい泣いて震えた声だった。

「どうして、くれますの」

どろどろとした怒りも憎しみもやるせなさも、拗れてもつれた感情もすべてニーアムの中にある。

なのに、必死に守っていた恋心が喜んでしまっていた。

「あなたのせいで、動けませんわ」

ニーアムの瞳から、ぼたりと大粒の雫が落ちる。

エリオットはニーアムの背に手を回した。

「すまない。言葉が足りなかった」

「その通りですわ。一目惚れ？　馬鹿を言わないでください。何年経っていると思っておりますの」

ニーアムが詰ると、エリオットの腕が震える。

「ほんとうにすまない。勇気がなかった」

この人から勇気などという言葉が出るとは思わなかった。

お互いに怖がって、二十年以上歩み寄れなかったなんて滑稽だ。

ああ、本当に、臆病だった。

こんなに多くの人を巻き込んで、大騒ぎをして、恥ずかしい。

けれどたったこれだけで、身のうちであふれそうなほど暗く淀んでいた感情が和らいでしまった。

エリオットの胸に抱かれていたニーアムは、傍らに誰かが歩く気配を感じて顔を上げる。

いつの間にかテーブルに近づいていた銀髪の青年が、ニーアムの鞄を探っていた。

「よし、これだね」

さらりと資料を取り出す銀髪の青年に、ニーアムがあっけにとられていると、彼と目が合う。

「グレイ卿のほうにもずいぶん誤解があったようだから、あなた達はここで話し合うと良い。そのほうが効率的だ」

エリオットも彼の行動に硬直している。

ただ、ところどころ白い物が混じったエリオットの金髪が、銀髪の子の色彩と似ているように見えた。

なぜか、ニーアムの口をついた。

「アルヴィン……」

全員が息を呑むのが聞こえた。

けれど呼びかけられた本人は、それを曖昧な微笑みで受け止めた。

「無理に呼ぶ必要はない。まだ僕はあなたの息子だと確定したわけではないのだから」

そう言って、目を細める銀灰色のまなざしは、かつての我が子が甘えるのを遠慮するときの仕草だ。わかっている。わかっていた。

ニーアムが弱くて、意気地がなかっただけなのだ。

手がかりなんて、いたるところにあった。

「どちらにしても、あなたが今、気遣ってくれたことに変わりはないわ。ありがとう」

アルヴィンは驚くように目を丸くしながらも、なにも言わずに離れていった。

ニーアムは彼の感情を読み取れないが、悪い反応ではないのだろうと直感的に感じた。

ローザを見ると、彼女は凪（な）いだ表情でニーアムを見ている。

彼女はニーアムに優しいと言ってくれたけれど、彼女のほうが優しい子だと思う。

自分の怒りをぶつけることよりも、ニーアムの感情を解きほぐすことを優先した。

お礼も、謝罪もおそらく違う。

なぜなら、自分が幼いアルヴィンにどのような言葉をぶつけたか、はっきりと覚えている。一生忘れるつもりもない。

彼を想（おも）う彼女に、自分が楽になるためだけの謝罪などしてはいけない。

だからニーアムは深々と頭を下げた。

「よろしく、お願いします」

「はい」

ローザはアルヴィンに寄り添って部屋を出て行く。

彼女達が帰って来たそのときには、彼らときちんと向き合おうとニーアムは誓った。

＊

ニーアムが作った妖精の輪の地図は、伝承にとどまるものから発見した日時まで詳細に描き込まれていた。

ローザ達はそれぞれにカンテラを持ち、夕暮れから夜に入ろうとする森へと踏み入った。

うっそうと茂る木々の間は、すでに暗闇に呑まれようとしていた。

コートを着込んでいても、冷気が忍び込み首筋や頬を突き刺す。

「急いだほうが良さそうだ。ジョシュアが動ける状態だといいけれど」

アルヴィンはカンテラで木々の間を照らしながら、ローザに言った。

「いいかい。事前に打ち合わせた通り、ジョシュアを見つけることを最優先にする。足場が悪いから、特に気を付けて。それから僕から離れないで。いつでも側にいて明かりの位置を確認してね」

「はい」

ローザは素直に頷いた。もとよりローザはこの森に不案内だ。アルヴィンを信じて付いていくつもりだった。

「クリフが地図で説得して村人達を動かせれば見つかる確率は高くなるだろうけど、それまでは僕達が最も彼を見つけ出せる」

アルヴィンが持っているのは、彼が作成した地図である。屋敷内で手早く必要な部分だけ写し取ってきたものだ。

それでもこれだけ薄暗い中で迷いなく歩けるのは、彼がこの数日で森を歩き回り、地理が頭に入っているからだけではないように思えた。

「アルヴィンさん、もしかしてここに来たことがあるのですか」

「ううんない。はずなのだけれど、なぜか覚えている気がするんだ」

あたりを見渡すアルヴィンの横顔には焦燥と不安に似た色がある。

妖精を追い求めるときの熱望がありながら不安定で、一人恐怖に置き去りにされてしまったような。

そういえば、ナンシーが言っていた。アルヴィンは、エインと共に森で妖精を探すのが定番の遊びだったと。

「まさか、子供の頃の記憶が……？」

「かもしれない。あの太いオークの木を越えると、沢が流れていて、水が湧き出る箇所が増えてぬかるむよ。高低差も激しくなって、崖になっている部分もある。足を取られないよう気を付けて」

アルヴィンの忠告通り、太いオークの木を通り過ぎたとたん、地面は湿り気を帯びる。

一歩足を踏み出すごとに足が水を含んだ腐葉土に沈み込み、歩きづらくなる。

ローザは慎重に歩きながらも、気を紛らわせるためにアルヴィンに話しかけた。

「アルヴィンさん、グレイ卿からはエインさんをどう叱ったのか、伺えましたか」

アルヴィンは、カンテラで周囲を照らしながら頷いた。

「グレイ卿はエインが自分の子供だと思い込んでいたことを、間違いだと丁寧に諭したそうだよ。彼の記憶では、エィンは衝撃を受けていたようだ」

十二歳のエィンには酷なことだっただろう。いずれわかる事実だったとはいえローザは胸が痛くなる。

「そのあと、僕がエィンを迎えに来たらしい。そしてなにかを話して慰めていた。けれど、グレイ卿が見たエィンの顔は……――屈辱に、歪んでいたらしい」

ためらいがちに話すアルヴィンの表情が、陰りを帯びた。

「アルヴィンさんは、なにを話したのでしょうか」

「思い出せない。けれど僕の一言がおそらく、なにかとても悪いことだったんだ」

いつも平静なアルヴィンの声がかすかに震えていたのは、きっと寒さだけではない。

覚えていなくても、彼はこれから待ち構えているなにかを予期しているのだ。

エィンという少年は、母親の曖昧な言葉選びのせいで、グレイ伯爵であるエリオットを自分の父だと思い込んでいた。

それはつまり、アルヴィンと兄弟だと、同じ立場だと思っていたのではないか。

森の奥は梢がこすれる音で騒がしく、ローザは恐ろしさと同時に形容しがたい落ち着かなさを覚えた。

ざわざわと皮膚の下が騒ぐようだ。恐ろしいのに、そちらへ強烈に惹かれてしまう。

「ローザ、大丈夫？　少し休む？」

自身の表情も硬いのに、アルヴィンはローザの異変を気遣ってくれる。

「いいえ、早くジョシュアさんを見つけてあげませんと」

「そう、もうすぐグレイ夫人の地図から予測した妖精の輪の出現地点だ」

この近くに妖精の輪があるかもしれない。

ふっと周囲を見渡したローザは、草むらの間にかすかな光のちらつきを見た気がした。

ローザが持つカンテラの煌々とした明かりとは違う、柔らかく不安定なものだ。

奇妙に気になったローザが無意識に一歩そちらに踏み出そうとすると、腕を取られた。

「どうしたの、ローザ」

「え、あ……ごめんなさい。向こうが光っている気がして、気になりまして……」

腕を引かれてようやく我に返ったローザはしどろもどろに言う。

アルヴィンは目を細めて、ローザが指し示した方向へ慎重に歩き出した。

戸惑いながらも、ローザもアルヴィンに腕を引かれるまま、その淡い光へ近づいていく。

間近で見て、ローザはその正体を知った。

足元で淡く発光していたのは、円い傘に細い軸を持つキノコだった。

キノコは幻想的な淡い金色の光を湛え、列を作るようにいくつも並んで生えている。

「これが妖精の輪の正体だよ。この地方に分布する菌糸類の一種だ」

アルヴィンは地面に広がる淡い金の光の群れを見下ろして、淡々と続ける。

「失踪した子供達が発見されたのは、すべて日陰や沢の近くなど菌糸類が発生しやすい場所だった。夫人が提供してくれた地図には、群生の跡の調査記録が詳細に描き込まれていたよ。その分布はすべて日陰などの湿度が高い場所だったから、間違いない」

「けれど、なぜこのキノコが意識を失う要因になったのですか？」

「ローザ、待って……！」

アルヴィンの制止の声が聞こえたが、ローザはよく見てみようとしゃがみ込んだ。

キノコはローザの手よりも小さく、円く平たい傘を広げている。

まるでコインのようだな、と思ったとき、頭がくらりとした気がしてよろめいた。

地面に手を突く前に、アルヴィンがローザの腕を引き上げて強引に立ち上がらせる。

はじめて新鮮な空気を吸ったような気がして、ローザははっとする。

「あの、なにが……」

「群生地は、君ぐらいの身長でもよくないみたいだね」

アルヴィンは懐から取り出したハンカチに小瓶から垂らしたものを含ませると、ローザにあてがってくる。

強烈な刺激臭が鼻腔（びこう）を貫きローザは涙目になったが、頭がはっきりしてきた。

「この菌糸類の胞子には、ある種の幻覚作用があるんだ。風で飛びにくく、低い位置で浮遊するようだね。警戒心の強い小動物や鳥類が地面に倒れていたり、死骸があったりしたのはこれが原因だ。大量に吸ってしまい昏睡状態から目覚められなかったんだろう」

　恐ろしい作用にローザは青ざめながらも、徐々に理解できた。

「つまり、子供達が意識を失って見つかったのは、このキノコの胞子を吸ったから？」

「そうだよ。少量だと、君のように判断力が低下するくらいですむようだね。アヘン窟を覚えているかな。アヘンとは作用が違うけれど、体に有害なのは間違いない。一度森に入った子供がまた森に入りたがっていたのは、この幻覚作用に中毒性があるせいだろうね」

　フレッチャーホールのアヘン窟は、人の理性を壊し気力を奪う恐ろしい場所だった。

　危険性を実感できたローザは、かなり意識がはっきりしてきたため、気付け薬の染み込んだアルヴィンのハンカチの代わりに、自前のハンカチを鼻と口に当て直す。

　少し冷静になったローザは、ふとあることに気づいた。

「ですがこのキノコは円状には生えておりません。子供達が見たのは円のはずで……」

　アルヴィンも口元を袖で覆いながら言う。

「夫人の分布図によると発生には規則性があった。一度発生すると発生した箇所から、同心円状に妖精の輪が生じていくようだ。これはおそらく、大きな円の一部なのだと思うよ。キノコがこれほど大きく広がっているということは、それほど強く繁殖しているのだろうね。――ここをよく見て」

　アルヴィンは腰を屈めると、カンテラで慎重に足元を照らす。

柔らかい腐葉土の上には、明らかに人工的なくぼみが、キノコが生える列に沿って規則正しく付いていた。

「足跡、でしょうか」

「妖精の輪には、こんな逸話もある。『妖精の輪で踊る妖精に誘われて踊りに加わったら、抜けられず何日も踊り続けて足が削れてしまった』というね。ジョシュアは意識が朦朧としながら、妖精の輪に沿って歩き続けているのだろう。おそらく一日中」

ローザは青ざめた。ジョシュアは健康とはいえ、八歳の子供だ。足場の悪い森の中を歩き続けているなんて、なにが起きているかわからない。

「このキノコに沿って探すよ。なるべく胞子を吸わないように、どこかで倒れているかもしれないから、見逃さないようにね」

「はいっ！」

ローザがカンテラを掲げて注意深く周囲を見渡し始めると、目の前の茂みからざわりと音がする。

アルヴィンがローザを背に庇いカンテラを掲げるが、すぐに警戒を解く。

蹌踉とした足取りで現れたのは、虚ろな表情をしたジョシュアだった。

服にはところどころかぎ裂きがあり、足元は泥で汚れ、本来の靴の色が判別できない。

いきなりカンテラで照らされたにもかかわらず、彼自身の反応も鈍かった。

「ジョシュアさん！」

「いか、……なきゃ……」

ローザが呼びかけても、ジョシュアは虚ろになにかを呟くだけだ。

気付け薬の染み込んだハンカチを思い出したローザは、彼に走り寄るとハンカチを顔にあてがう。

「ジョシュアさん、しっかりしてください！」

「うっ……あ、……あんたは……」

薬の強烈な匂いに、顔をしかめたジョシュアがもがいた。

ハンカチから逃れてローザを見た瞳は、ちゃんとこちらを捉えている。

どうやら正気を取り戻してくれたらしい。

ほっとするローザの側に来たアルヴィンが、ジョシュアに話しかける。

「君は朝から行方不明になっていて探しに来たんだ。さあ、帰ろう」

そのままアルヴィンは腕を掴もうとしたが、ジョシュアはその手を振り払った。

思わぬ行動にローザが目を丸くする中、ジョシュアは声を荒らげる。

「お、おれは帰らねえ！　だってニーアム様のためにさがしものを見つけるんだ。おれ、おもいだしたんだぜ。はじめに見た妖精の輪の中に、金貨みたいなものがあったって！」

ローザとアルヴィンはにわかに緊張する。

熱心に訴えるジョシュアは、自慢げに両腕を広げて光るキノコを指し示した。

「それでもういっかいさがしに来たら、こんなにたくさん見つけたんだ！　これだけもってかえれば、きっとニーアム様は喜んでくれるよな！　でもこうして摑んだとたん、なくなっちまうんだ。だからずっと本物をさがしてて……」

ジョシュアはローザ達が止める間もなく、足元のキノコを摑んでちぎり取る。

キノコが若干光を失ったとたんジョシュアは興味を失って放り出すが、まだ光を湛えた胞子が舞うのが見えてローザはまずいと思った。

「ジョシュアさん、だめです！」

「ねーちゃんもおれをとめんのか！　おれはかーちゃんがほしいだけなんだ！！！」

目の焦点が合っていないジョシュアは慟哭する。

「まずい、彼は錯乱しているね。ひとまず妖精の輪から遠ざけよう」

アルヴィンは地面にカンテラを置くと、ジョシュアを拘束にかかる。

疲れ切っているせいか簡単に確保できたが、ジョシュアは嫌がって身をよじった。

「だって、ニーアム様は、子供をさがしてんだろ。おれがやくに立てば、喜んでもらえるかもだし、もし見つからなくったって偽者でも、おれが代わりだっていいじゃないか！」

「っ！」

ジョシュアが叫んだとたん、アルヴィンの動きが突如止まった。

彼の顔は明らかな恐怖で凍り付いている。

異変を感じたローザは、カンテラを一旦地面に置いて加勢しようとした。

だが、そのときジョシュアがアルヴィンの腕を振りほどく。

子供でも、全力で抵抗されれば力はかなりのものだ。全くの不意打ちだったらしく、アルヴィンは押された衝撃でたたらを踏んだ。

その体がかくんと下がる。

先ほどアルヴィンが言っていたことがローザの脳裏をよぎった。

『高低差も激しくなって、崖になっている部分もある。足を取られないよう気を付けて』

「あ、」

「アルヴィンさん！」

アルヴィンの戸惑いの声が響く中、ローザは彼に手を伸ばした。

彼の手を摑み踏ん張ろうとしたが、ローザの足元も崩れ落ちた。

アルヴィンの目が焦りと恐怖を帯びてローザを捉える。

彼にきつく抱き込まれたと思ったとたん、ローザ達は闇の中を転げ落ちた。

＊

「う、……」

ずいぶん落ちたようだ。地面に倒れ伏して止まったローザは、のろのろと体を起こす。

体はさほど痛くない。アルヴィンが庇ってくれたからだ。

彼の姿を探すと、隣で同じように身を起こそうとしているアルヴィンを見つけた。

「アルヴィンさん、大丈夫ですか⁉ ごめんなさい、わたし……っ」

自分の軽率な行動で迷惑をかけて、申し訳なさでいっぱいのローザだったが、すぐにアルヴィンの様子がおかしいことに気づく。

今の彼は、一段と表情がない。

アルヴィンの喉から絞り出されたのは、か細く震えた声だった。

「そう、だ。前も、こんな風に落ちたんだ。エ、イ、ンと」

「え?」

ローザの戸惑いも目に入っていないようで、アルヴィンは吐き出すように続ける。

「エインはグレイ家の子になりたがっていて、『僕もグレイ家の血が流れているかもしれないんだ』って話してくれたんだ。僕と彼はどこへ行くにも一緒で、顔もよく似ていたから、もう一人の僕が、本当に兄弟だったらそれも良いかもと考えたんだ。だから、父さまに思い込みを正されて落ち込むエインを慰めた。『僕が家を継いだあとも、僕の側で支えてほしい』って」

アルヴィンの吐露にローザは、動揺した。

先ほど彼が話してくれた、エリオットの話をまだ覚えていたからだ。

『そのあと、僕がエインを迎えに来たらしい。そしてなにかを話して慰めていた。けれど、グレイ卿が見たエインは……――屈辱に、歪んでいたらしい』

エインは、自分をグレイ伯爵家の子供だと思い込んでいた。

アルヴィンと自分は同じ立場の人間だと、考えていたはずだ。にもかかわらず、はじめて立場が違うと理解させられた上で、信じていた相手にそのように言われたら……。

「なんて残酷だったのだろう。セオドアが僕をわからず屋と言うのも当然だ。僕はそれがエインのためになると思ったんだ。彼にとっては、僕と同格ではない、これからは僕の使用人として生きていけと言われたも同然だったのに」

引きつった声で自分を責めるアルヴィンは、虚ろな表情であたりを見渡した。

「そのあと、彼に『妖精の輪』を探しに行こうと誘われて、森に入ったんだ。でも彼は夕暮れになっても帰ろうとしなくて、どうしてと聞いたら、言ったんだ」

「なんと？」

アルヴィンは硬直したまま青ざめた顔でローザを見る。

「『僕は、君を旦那様なんて呼びたくないんだ。たとえ偽者でもこんなに似ているなら、僕が代わりだっていいじゃないか！』」

一語一句間違っていないのだろう。抑揚はなくとも、ローザにはそう慟哭したエインの悲鳴のような叫びが聞こえてくるようだった。

「揉めているうちに、僕は崖を転がり落ちて……っ、地面に落ちたときには、エインが下敷きになっていたんだ」

衝撃と動揺でわなわなと震えるアルヴィンは頭を抱える。

「エインはいくら声をかけても動かなくて、息をしていなくて。僕は、ひとりで落ちたはずなのに、エインを巻き込んで、僕が、彼を追い詰めてしまったせいで、殺してしまって……」

話していないと感情の波に押しつぶされてしまうとでもいうように、アルヴィンは饒舌だった。

はっと、気づいたようにアルヴィンは無垢な表情で呟く。

「そうか、だから僕は、死ななければいけなかったんだ。だってエインの代わりに死ぬのが僕のはずだったから」

ローザはアルヴィンの要領の得ない話でも、幼い彼らの間に起きた出来事を理解して、胸が締め付けられるようなやるせなさに襲われた。

ただ彼らが幼かった。アルヴィンの善意の言葉が、エインにとっては残酷だった。

それでも、時間さえあれば和解の余地はあったはずなのに、不幸な事故が彼らのその先を奪ったのだ。

「アルヴィンさん、ご自身を責められないでください」

ローザは衝撃と悲しみを押し殺して、ともかくアルヴィンを落ち着かせようと彼の肩を揺する。だが反応はない。

心が過去に囚(とら)われてしまって、ローザの声が届かないのだ。

どうしようと焦るばかりだったローザは、ようやく周囲の異変に気づいた。自分はカンテラを持っていないのに、なぜアルヴィンの表情がよく見えるのか。

それは、この場に光源があるからだ。

ローザが視線を上げた先に、それはあった。

黄金の燐光(りんこう)を湛(たた)えたキノコが真円状に生えて輪を作る、妖精の輪だった。

だが、崖の上で見たキノコよりもずっと光が強く、キノコの間には三色スミレやプリムローズ、バーベナなど様々な花が咲き極彩色で彩っている。

まるで、そこだけ現実ではないように。

薄ら寒いほどの異質な光景なのに、ローザは妙な慕わしさを覚えて我に返る。

あれだけキノコが群生していれば、胞子の量も尋常ではないはずだ。

事実、あたりに漂う燐光は胞子のものだろう。

「ひとまず離れましょう。ここにいてはいけません」

ローザはなんとかアルヴィンを立ち上がらせようとした。

けれど、その前に銀灰の瞳が眼前の輪を映した。映してしまった。

虚ろだった表情が、心を奪われたように執心を帯びる。

アルヴィンはゆらりと立ち上がると、美しく異質な花の輪へおぼつかない足取りで歩きだした。

「そうだ、そのあと妖精の輪を見つけて、中心にコインを見つけたんだ。はは、こんなところから記憶が違っていたのだね」

「コイン、ですか……？　ッ⁉」

ローザも節々の痛みをこらえながら、急いでアルヴィンを追いかけた先で、息を呑む。

アルヴィンの言葉どおり、妖精の輪の中心には輝く黄金のコインが一枚あった。

どこの国のものかもわからない、けれど今まで見たどんな金貨よりも美しいコインだ。

表面には波打つような長い髪をした美しい女性の横顔があり、宝石のように光を反射し、きらきらと輝いている。

輪に近づくほど胞子の濃度が濃くなっていくのか、ローザは頭がクラクラしてきたが、そのコインから目が離せない。

美しくはあるものの、形状は普通のコインに見えたが、ローザは言い知れぬ違和感を覚えた。

あるはずのないものが、当たり前のようにそこにある。

そう、かつてロビンが持っていた、金の巻物のように。

「エインから妖精の話をたくさん聞いていたんだ『唯一母さんから教えてもらったんだ』って。その中に妖精のコインの話があった。妖精に返せば、様々な祝福を貰(もら)えるという言い伝えがあるコインだ。だから僕は妖精にエインを生き返らせてもらおうと思ったんだ」

本来なら、荒唐無稽な子供の妄想だ。

けれど、彼の前に妖精の奇跡が現れてしまった。

ローザが幼い彼の切なる願いとその残酷さに立ち尽くしている間に、アルヴィンは妖精の輪の内側に足を一歩踏み入れた。

あたりが明るくなり、ローザの頰を薫風が撫(な)でる。

ローザは目の前の光景が信じられなかった。アルヴィンが妖精の輪に入ったとたん、空間が額縁で切り取られたように別の世界が広がったのだ。

そこは草原だった。真昼の燦々(さんさん)とした日差しが降り注ぎ、春なのだろうか、暖かな風がローザのところまで流れてくる。

草原にはブルーベル、ハニーサックル、ノボロギクをはじめ季節を問わない花々が咲き乱れていた。空はまるで朝焼けのオレンジと夕暮れの紫と青を混ぜた不思議な色彩だ。

しかし幻想的で美しい光景は妖精の輪の内側のみで、外側はもとの夜の森だ。

ローザはそれが、アルヴィンが語ってくれた妖精界だと理解するしかなかった。

食い入るように妖精界を見つめていたアルヴィンは、なにかを見つけたようでひゅっと息を呑む。

「エイン……」

ローザもまたぎょっとしてそちらを向く。

幻想的な草原の中にある花畑の中心に、誰かが横たわっていた。

スズランやデイジー、ヒヤシンスなどに囲まれて、仰向けで両手を胸の上で組んでいる。

安らかに目を閉じた面立ちはアルヴィンに似ていた。

なにより、彼の髪の色は甘いミルクティーのような淡い茶色だった。

その特徴は、ずっと聞いていたエインの特徴と合致する。

生きていたとしても二十年以上経(た)っているはずなのに、成長していないのはおかしい。

だがローザは、エインの血の気のない肌の色に見覚えがあった。

あれは、亡くなった母の肌。命の火が失われた人のものだ。

二十年以上前の遺体が生前の美しさを保ったまま、安らかな表情で眠っている。明らかに異質な光景だ。

にもかかわらず、強烈な魅力を孕(はら)んでそこにあった。

それに、アルヴィンの「生き返らせてほしい」という願いが叶(かな)ったのであれば、エインの遺体が安置されているわけがない。

　ローザがアルヴィンを見上げると、彼の横顔は凍り付いている。

「喪失はあまりに辛くて、苦しくて、悲しみに耐えられなかった幼い僕は、エインに戻って来てほしいと願ったんだ。けれど、妖精にも死者を生き返らせることはできなかった。代わりに死ななかったことにすると言われたんだ」

「死なかったことに……？」

　意味が呑み込めずローザがオウム返しにすると、彼はまるで唄うように続ける。

「『過ごした月日がなければ、いないのと同じ。感情がなければ、苦しみも悲しみもないのと同じ。あなたの中からなくなれば、なかったのと同じでしょう？』……妖精は僕に同情してくれているように見えた」

　ローザはようやく言葉の意味と、今までのアルヴィンが結びついて戦慄する。

「妖精は、エインさんにまつわる記憶と感情をアルヴィンさんから消すことで、彼がいなかった……つまり死ななかったことにしたのですか」

　そのような荒唐無稽なことが可能なのか、という点にはすでに答えが出ている。

　今までアルヴィンは記憶と感情を失っていたのだから。

「記憶と感情をなくしたのは、僕が望んだ結果だったんだ。本当に祝福だったんだよ」

アルヴィンの自嘲のような響きに、違う、とローザははっきり感じた。

それが祝福なら、なぜ今までアルヴィンは苦しんでいたのか。

彼が希死観念に囚われ危険な場に迷わず飛び込んで行ったのは、記憶と感情を失っても
なお、焼き付いた後悔がなくならなかったからだ。

妖精は同情して親切にしてくれたとアルヴィンは言う。確かに悪意は感じられない。

だが妖精の親切は、まるで上っ面だけをなぞり、綺麗(きれい)に取り繕った模造品(イミテーション)のようだ。

本質を理解せず、最も大事な部分が欠落していても上っ面が整っていれば気にしない。

アルヴィンは、記憶と感情をなくしてしまったことで、大事な人の死を受け入れる時間
と悲しむ感情を奪われた。

だから、今の彼はエインを亡くしてすぐの生々しい悲痛に溺れている。

残酷過ぎた。

妖精に決定的に人とは違うおぞましさすら感じて、ローザは立ち尽くした。

しかしアルヴィンが、あまりにまっさらなエインの遺体の側に、ゆっくりとしゃがみ込
もうとしていることに気がついた。

「アル、ヴィンさん。なにを、されようとしているんですか」

「僕は、エインの心を踏みにじって、ひどいことをした。謝ることすらできなくなったの
に、今の今まで忘れていたんだ。こんな僕は、幸せになってはいけないだろう……?」

彼の悲痛な想いが痛いほど感じられて、ローザは胸が締め付けられる。

幸福を望めないほど、彼の心は痛めつけられている。

だから彼は、コインを手に取ろうとしているのだ。

そして、今度こそ願うのだろう。自分を殺してほしいと。

そうでなくとも妖精の世界に迷い込めば、アルヴィンはもう二度と戻って来ない。そんな確信があった。

……――絶対に嫌だ。

ローザが思い悩んでいた秘密を明かしたときも、アルヴィンは受け止めてくれた。

アルヴィンも、エインについて知るのを恐れていたけれど、こう言ってくれたのだ。

『僕は君がいるから、向き合える』

あのときの彼は、ちゃんと空白に向き合おうとしていた。

アルヴィンにはきっと立ち向かう強さがある。

自分は、彼の青薔薇。かつて彼が諦めかけた変化の象徴だ。

だから彼がうつむいてしまっているのなら、ローザ自身が証明しなければならない。

青薔薇はここにあり、奇跡も希望もあるのだと。

アルヴィンは、ローザに多くのものをもたらしてくれた。

今度はローザが導く番だ。

ローザはこみ上げてくる熱い感情のまま、妖精の輪の中へ一歩踏み出した。

「アルヴィンさんっ！」

足元からぶわり、と金の粒子が舞い上がる。

濃密な花々の香りに包まれながらも、ローザは怯まず突き進み、アルヴィンの目の前に膝を突いた。

この距離でも彼はローザを見ようとしない。

今、彼の心はエインを失った時間にいる。

ローザは虚ろな顔を包むようにアルヴィンを抱きしめた。

どうか、この温もりが伝わりますようにと祈るように力を込める。

「アルヴィンさん。もう、良いんです」

アルヴィンの指先が、コインに触れる寸前で止まる。

「…………ロー、ザ？」

絶望に囚われていたアルヴィンの瞳が、ようやくローザを見た。

ローザは、少しだけ体を離して、アルヴィンの瞳を覗き込む。

彼の曇ったガラスのような銀灰色の双眸に、自分の青の瞳が映り込んでいた。

ローザは、今から彼に残酷な事実を突きつける。

受け止める覚悟はある。一緒にどんな結末でも受け入れよう。

その上で、ローザはこの不器用なほど優しい青年の強さを信じていた。

「アルヴィンさん、あなたに起きたことは不幸な事故でした。どうしようもなく、不幸で理不尽な別れでした」

「違う、だって僕が、僕が追い詰めた……！」

いやいやと子供のように首を横に振る彼に、ローザは根気強く言い含める。

「あなたの後悔は痛いほどわかります。ですが、もう終わってしまったことなのです。亡くなった方は、二度と戻って来ません。残った人はそのとき彼らにできなかったことを、抱えて生きるしかないのです」

びくりと、アルヴィンの肩が大きく震えた。

今でも悲しみは鮮明に思い出せる。

ローザが母に楽をさせてあげたかったと、ひどく後悔したように。

一時期はなぜ置いて逝ってしまったのかと思ったが、それでもローザは生きている。

「僕は、友達ひとりの気持ちすらわからなくて……苦しいよ。苦しくて、痛くて、今すぐナイフで胸を突いてしまいたい。君は、どうして、こんな気持ちに耐えられて、いたの」

「あなたがわたしを見つけてくださったからです」

アルヴィンの目が大きく見開かれる。

ローザは確信を持って言える。自分が悲しみに溺れてしまわなかったのは、多くの人に支えられたからだ。

はじめはミーシア、青薔薇骨董店に来てからはセオドア、エセル、クレアに支えられて、多くの出会いを通して、ローザは自分の気持ちと向き合えた。

母を失った悲哀に溺れず、母と過ごした優しい記憶も大事にできた。

なによりアルヴィンが、この美しい人が、絶望の淵(ふち)で溺れかけていたローザを見つけて引き上げてくれたのだ。

「あなたが、わたしを青薔薇と言ってくれたから。わたしを信じ続けてくださったから、誇りと未来の希望を持てたのです。だから、今度はわたしがあなたを信じて支えます」

ローザはそっとアルヴィンの冷たい頬に手を伸ばし、包み込んだ。

「もう、良いのです。アルヴィンさんは、今の今まで充分苦しみました。……──だから、エインさんを弔いましょう」

アルヴィンが二十一年前にできなかったことを、今するのだ。

傷つき打ちのめされた心が安らぎ、死者が優しい記憶になるまで。

死を認め、弔うことは、残された生者が生きていくために必要な通過儀礼なのだ。

「弔うことは、あなたにしかできません」

エインと最も親しく、大事に想っていたのはきっとアルヴィンだから。

アルヴィンは迷子の子供のように、瞳を揺らしていた。

ローザは、アルヴィンの悲しみに寄り添うことはできるが、完全に理解はできない。

それができるのは、アルヴィン自身だけだ。

でも、きっと大丈夫だろう。

やがて彼の唇から、震えるような吐息がこぼれた。

「僕は、許されないことをしたんだ」

彼が心に負った深い傷は、生々しく血を流している。

だが銀灰の瞳が潤み、雫となり頬を流れた。

彼の悲しみの大きさを表すように、大粒の涙が静かに次から次へと落ちていく。

ローザがその雫を拭おうと指を伸ばすと、コインを取ろうとしていたアルヴィンの手が上がり、ローザのそれに重ねられた。

指先の熱がアルヴィンの頬と馴染んでいく。

「この痛みと苦しみが、〝悲しい〟ということなのだね」

「はい、だから悼むのです」

もう彼は自分を失わない。ローザはそう信じられた。

アルヴィンを慰めていたローザは、しかし視界に穏やかな日差しに照らされる花畑が映り、はっとする。

いつの間にか、あの幻想的な花畑がローザ達の周囲に広がっている。

少し距離があったはずの横たわったエィンの遺体がすぐ側(そば)にある。

振り返ると、自分達がいたはずの夜の森が遠ざかっていた。

「妖精界に、呑(の)み込(こ)まれている……？」

「……妖精達は、僕らを逃がしたくないようだね」

ローザの呟(つぶや)きで、アルヴィンも異状に気がついたらしい。

彼は涙を袖で乱暴に拭うと、花畑に横たわるエィンを抱き上げた。

ローザを促して立ち上がる。

「行こう。ここにいてはいけないから」

異質な空と花畑は、ローザ達を逃がさないとでもいうように夜の森を遠ざけていく。

だがアルヴィンはいつの間にか片手に持っていた紙包みの中身を振りまいた。

灰色の粉状のものが舞うと同時につんとした匂いが広がり、ローザはそれが砂鉄だと思い至る。

「鉄は妖精が嫌う代表的なものだ。伝承通りなら……」

アルヴィンの言葉の通り、砂鉄がまき散らされた場所から、遠ざかっていた夜の森が止まった。

いや、違う、花畑の広がりが止まったのだ。

「ローザ、走って！」

アルヴィンの鋭い声に背を押されるようにローザは走り出す。

少し遅れてアルヴィンもローザに続いた。

夜の森はだんだん近づいているが、泥の中を走っているように足が重い。

さすがにおかしいと足元を見て青ざめる。

花の茎や蔓が足に絡んでいたのだ。

まるでローザ達をこの場に留め拘束するように。ぞっとした。

「う、わっ」

隣で驚きの声と共に、ずさりと倒れる音が響く。

エインを庇ったアルヴィンが倒れていて、彼の足にはつるばらやクレマチスなど多くの花々が絡みついていた。

「アルヴィンさんっ……あっ！」

手を貸そうとしたローザもその場に倒れ込む。ローザの足にも花々が絡みついていた。

なんとか抜け出そうとする二人の前に、きらきらとしたものが落ちてくる。

それは、アルヴィンが拾わなかったはずの妖精の金貨だった。

アルヴィンの眉が顰められる。

「拾って『帰りたい』と願いに来いということかな？」

「アルヴィンさん、ですがそうしたらどうなるか！」

アルヴィンの「エインを生き返らせてほしい」という願いは、歪んだ形で叶えられた。今ここで帰りたいと願ったとして、どのように叶えられるかわからない。今も痛いほど無遠慮に食い込む草花が、妖精の性質をまざまざと知らせてくるのだ。

ローザの強い制止に、アルヴィンは厳しく引き締めた表情で見返した。

ふいに眉尻が下がる。

「君を、妖精に渡したくは、ないなあ……」

彼の指が、そろりとコインに伸びた。

せっかくアルヴィンは、前を向いて生きてくれそうだったのだ。

このままコインを拾ってしまえば水の泡だ。

とうてい受け入れられず、なら自分が拾おうとローザもまたコインに手を伸ばす。

だが、アルヴィンがコインを拾うことはなかった。

それより早く、突如出てきた灰色の前足が、アルヴィンの手の甲を引っ掻いたのだ。

「いっ……」

驚きと痛みでアルヴィンが手を引っ込める。

ローザは信じられない思いで、その小さな体軀を見つめる。

青みを帯びた灰色の毛並みに優美な尻尾と三角耳を持つ猫は、青薔薇骨董店に棲み着いている猫、エセルだったからだ。

その金色だったはずの瞳は、エメラルドのような緑色に金粉が舞っていた。

まるでローザの妖精の瞳のように。

「エセル、どうして……？」

ローザが驚いて呼びかけても、エセルはただこちらを見つめるだけだ。

その表情には、ただの猫にはない理知がある気がした。

思わぬ登場に、アルヴィンもローザもただ見守るしかない中、エセルは小さな口に金貨を咥える。

「それは……」

アルヴィンが再度伸ばした手を、今度は尻尾で叩いたエセルは、ローザとアルヴィンの間を軽やかに駆ける。

『ばぁか』

幼い少年の、あきれと慕わしさがにじんだ声が響いた。

ローザには聞き覚えのない少年の声だったが、アルヴィンは愕然として振り向く。

「エイン⁉」

悲痛な呼びかけに、エセルは振り向くことなく、優美に尻尾をくねらせて花畑へと飛び込んでいく。

エセルが日差しの中へ消えて行ったとたん、ふっと明かりが消えたようにあたりが暗くなった。

気がつけば足にきつく絡みついていた花はなく、ローザはのろのろと体を起こす。

空はうっすらと白んでいて、薄明かりがあたりを照らしている。

妖精の輪があった場所には、植物が枯れた跡が円く残されているだけだ。

もう、どこにもあの幻想的で美しく、異質な恐ろしい世界の気配はない。

まるで夢のように消えてしまっていた。今のは本当にあったことなのだろうか。

ローザはぼう然とあたりを見渡して、同じように身を起こすアルヴィンの側に、エインが横たわっているのを見つけた。

彼を見下ろしていたアルヴィンは、そっと抱き起こす。

エインの頬に、アルヴィンの涙が次々に落ちていく。

「遠回り、したけれど。なぜ僕が泣いているのかわからないけれど。どうして君を傷つけたか、わかったよ。やっと、君に謝れる」

アルヴィンの顔に感情は浮かんでいない。

だがローザでなくても、彼が今悲しんでいることはわかるだろう。

アルヴィンは、そっと自分の涙に濡れるエインの頬を撫でた。

「ごめん、エイン。……──さようなら、もうひとりの僕だった人」

エインの頬を流れた雫が、朝日に照らされて優しく伝った。

終章　サラマンダーの標（しるべ）

うららかな春の日差しの中、フェロウパークにある教会で、エイン・ハッチングスの葬儀が執り行われた。

二十一年前に行方不明になった少年が、当時のままの姿で見つかったことは大きな騒ぎになった。しかし、グレイ伯爵であるエリオットの一声によって大々的に報道されることもなく、葬儀の場も屋敷内の教会にすることで記者は締め出された。

ホーウィック村の人々も詳しい話を漏らすことはなく、ただしめやかに喪に服す。

そのためエインが発見されたとき、そこに青薔薇骨董店（ブルーローズアンティーク）の面々がいたことも。

彼らが発見されたのが丸一日経（た）った早朝だったことも、外には知られなかった。

エインの棺（ひつぎ）が納められた共同墓地には、小さなスミレが咲いていた。

墓石の前には、棺を埋めたばかりで真新しい土が露出している。きっと、時が経てば周囲の芝生と同化していくだろう。

ローザは黒いバッスルスタイルの喪服に、ヴェール付きの帽子をかぶっていた。ドレスはニーアムが譲ってくれた一着を体格に合わせて直したものだ。

シルエットは慎ましやかではあるが、デザインは日常に着てもおかしくないほど洗練されていた。夫が亡くなった場合、妻は一年以上喪に服すため、飽きが来ないよう喪服にもある程度流行を取り入れるのだと、ニーアムから訥々と教えてもらった。

仕立て直しの手配をしたのもニーアムだ。

ニーアムは一晩中、エリオットと話したらしい。だがローザ達が夜が明けても戻って来ないことに青ざめた彼女は、エリオットに懇願し自ら捜索に出たようだ。

結果的に夫婦揃って捜索に加わり、ローザ達が滑落した付近でカンテラを持つジョシュアを発見した。

捜索隊がローザ達は絶望的だと諦める中、ニーアムは断固としてこの場で待つと主張して、根負けしたエリオットが一晩だけ待つことを許した。

そして夜明け近くになり、散々捜索したはずの崖下に、ローザ達が現れたのだという。

不可思議な現象を目の当たりにして、エリオットとニーアムはさすがに青ざめていた。

それでも大事にならないよう適切に対処してくれたことに、ローザは感謝している。

なにより発見直後のアルヴィンがエインを抱えて泣いていたことで、グレイ夫妻が根強く持っていたアルヴィンに対する忌避感は少しだけ緩んだようだ。少なくとも、アルヴィンは悲しんで涙を流す、人らしい情動が残っているのだと納得できたらしい。

それもあり、アルヴィンにも悼む時間が必要だと、エインの葬儀を手配してくれたのはグレイ夫妻だった。

ローザは、喪服を借りたときの、ニーアムの穏やかな表情を思い浮かべる。

『あなたは、この屋敷に春をもたらしましたわ』

言葉は少なくとも、彼女の謝罪と感謝を感じられた。

ニーアムはジョシュアに慕われていると知ると、ジョシュアの祖母ナンシーがいかに彼を心配し気を揉んでいたのか、丁寧に教えたらしい。

胞子の作用が抜けたジョシュアはナンシーに抱きしめられ、憑き物が落ちたように号泣した。ジョシュアはもう、自分の手にある幸福を忘れないだろう。

ニーアムもまた、ジョシュアを通して本来エインにしたかった態度を取れて、気持ちにひと区切りをつけたのかもしれない。

エインの葬儀の間もグレイ夫妻はぎこちなく距離はあれど、ぎすぎすとした雰囲気は薄らいでいた。

縺れてしまった糸はすぐには解けない。きっと戻らない部分もあるだろうが、彼らは新しい一歩を踏み出した。

ローザもグレイ夫妻に対してわだかまったものを持ち続ける。

それでも、ニーアムが喪服を脱げる日が来ると良いと素直に思えた。

「終わってしまったね」

独り言のような声に、ローザは傍らでじっと墓石を見下ろすアルヴィンを振り仰いだ。

アルヴィンもまた、体格の近いクリフォードから借りた喪服姿だった。

シャツ以外はウエストコートジャケット、ズボンに至るまで黒で統一されている。

喪に服す彼の顔には以前と変わらず、表情らしきものはない。

ただ同時に、どのような感情も浮かんでいなかった。彼が銀灰の視線を墓石に向ける姿は、全身から悲しみが伝わってくると誰しもが称するだろう。

かけられる言葉は、ない。

じっと待っていると、やがてアルヴィンはローザに言った。

「ローザは、妖精の輪(フェアリーリング)の中で、エセルが金貨を持って行ったのを見たよね」

アルヴィンは無意識にだろう、自身の右手の甲に触れた。

そこにははっきりと、猫に引っ掻かれた痕が残っている。

ローザも、灰色の毛並みの猫が現れたのをはっきりと覚えていたから頷(うなず)いてみせた。

「はい。確かに」

「うんそれで、僕の記憶が確かなら、子供の声で最後に『ばぁか』って言った気がしたんだ。それが、まるで彼の……エインのように、思えた」

普段の彼とは大違いな、自信のないためらいがちな口調だった。

けれどアルヴィンのその言葉で、ローザもまた、あれは聞き間違いではなかったと確信することができた。

「あれは罵り言葉だったけれど、君には恨んでいるように聞こえただろうか」

ローザは、どう答えるべきか迷った。きっと、彼はローザの言葉をそのまま受け止めるだろう。彼の心を決めつけたくはなかった。

ただローザが迷っている間に、アルヴィンが先に言葉を続けた。

「僕には、そう、感じられなくて……けれど、エインは僕を恨んでいるはずで、だから混乱しているんだ」

「でしたら、わたしの推測を聞いていただけますか？」

アルヴィンが目で問い返してくるのに、ローザはゆっくりと胸の前で手を組む。

思い出すのは、花畑の中で眠るエインの顔だ。

「エインさんのお顔は、とても安らかでした。誰かを憎んで亡くなられたとは思えないほどに。魔が差してしまうほど、アルヴィンさんを恨んだ一時はあったかもしれません。ですが、それだけではなかったと思って良いのではないでしょうか」

エインの遺体を見てローザが感じたことだ。これすらも、確かではない。

アルヴィンは、思い悩むように眉を寄せながら、再び墓石に視線を落とした。

「……一つだけ、腑に落ちないことがあるんだ。あの日、崖から落ちたのは僕一人だったのに、エインは僕の下敷きになっていた。君が僕を助けるために飛び降りたように、そして、僕が君をとっさに抱き込んだように。彼も同じことをした可能性が、ある」

感情がわからずとも、アルヴィンは様々な仕草や声から相手の感情を類推できる。

今までの彼は、自分の判断を疑うことはなかった。

けれど、今の彼の表情はどこか頼りない。

「そう、都合良く、考えてもいいのかな」

聞いた声の印象、そしてエインの安らかに眠る姿から、ローザもアルヴィンと同じ感想になる。ただ、やはりローザはエインを直接知らない。

「アルヴィンさんの記憶にあるエインさんが、そうされるのであれば」

慰めの言葉より、彼には自分で考える時間が必要なのだと思った。

アルヴィンは迷うように視線をさまよわせ、再びエインの埋められた墓を見下ろす。

もう語りかけてくることのない友人を見つめる瞳から、涙が流れた。

それが答えだった。

「アルヴィンさんは、心を取り戻されたように感じますか？」

妖精に叶(かな)えてもらった願いは、アルヴィンが記憶を取り戻したことで、どうなったのかわからない。

あの一夜のあと、アルヴィンは表情は変わらずとも、涙を流すようになった。

妖精によって抑え込まれていたものが、徐々に弛んできているのだろうとローザは考えていたが、確証はない。

「胸や頭で感じていた熱や、痛みや、苦しさが感情によるものかもしれないとは、思う。けれどまだ実感はないな。自分の中にある衝動と結びつけられないものだね。この状態はしばらく続くだろうし、治らない可能性もある」

断ち切られた神経を結び直すのは難しいことだから、と語るアルヴィンは楽観的だ。

今は感情を痛みや苦しさとして認識しているようだが、時間をかければ徐々に馴染んでいくのかもしれない。

「妖精の祝福が本当に解けたかは、これからわかるだろうね。そもそも僕の幸運は、僕が願った事柄とは別の現象のようだし……」

「危険な試しかたはやめてくださいね」

少しだけ心配になったローザが釘を刺すと、考え込みかけていたアルヴィンははじめて気づいたようにぱちぱちと瞬いた。

「そうだね。以前と同じように行動して、幸運がなくなっていた場合死んでしまうかもしれない。それは僕も困る」

困るという言葉には重みがあって、ローザはアルヴィンを改めて見返した。

彼は、いつもの微笑みでこう続ける。

「けれど、君と生きていたいという気持ちは変わらなかったよ。僕の感じた想いは、偽物ではなかった」

ローザはアルヴィンに打ち明けた不安の答えだと思い至る。

アルヴィンがどこか得意げに思えて、ローザはくすりと笑ってしまった。

「はい、偽物ではありませんでした」

こみ上げてきた想いと熱が、全身に広がっていく。改めて安堵で心が満たされる。

積み重ねた想いを、ようやく受け入れられそうだった。

アルヴィンは、名残惜しそうにしながらも、墓石に背を向けた。

「今回の件が終わったら、今度こそ君への聖誕祭のプレゼントを準備するよ。こんなに遅れてしまうとは思わなかった」

きりりと顔を引き締めて言われて、ローザは面食らった。

確かに聖誕祭のポイズンリングの代わりに、ローザが本当に喜ぶものを贈ると言われていた。けれど、そのあとすぐに妖精女王のまじない師に影響された婦人達の対応に追われて、それどころではなくなったのだ。

「実は候補はいくつか絞れたのだけれど、なかなか決められなくてね。でも解決方法を思いついたんだ」

得意げにするアルヴィンが明るく、おかしくて。

なにより〝これから〟の話をしてくれるのが嬉しくて、ローザは微笑んだ。

「わかりました。お待ちしております」

「うん――あと、ローザのお母さんのお墓参りも行かなきゃね。そろそろだったよね」

まさかアルヴィンからそのような話題が出るとは思わず、ローザははっと見上げる。

母は、共同墓地で眠っている。

無性にあの煙臭い街に帰りたくなってきた。

ローザの想いを読み取ったように、アルヴィンが言う。

「ここに、長く居過ぎたね。青薔薇骨董店に帰ろうか」

「――はい、帰りましょう」

あの灰色の騒々しくも優しい場所へ。

エインの墓石の傍らに伸びるライラックの木には、青い花が綻んでいた。

＊

グレイ領に別れを告げて鉄道に乗ったのは、葬儀から数日後のことだった。

丸一日かけて戻ったルーフェンはやはり騒々しく少し煙っぽい。だが、冷涼な中に暖かな空気が混じっている。街角に立つ花売り娘が売る花も、目の覚めるような黄色のラッパ水仙やかわいらしいチューリップなど、春を感じさせた。

離れている間に、ルーフェンには春が来ていたのだ。随所に違いが見えて、知っている街なのに妙に新鮮だった。

万感の思いでローザが青薔薇骨董店の扉をくぐると、消沈したクレアに出迎えられた。

「数日前からエセルがいなくてねえ……。私がもっとよく見ていればよかったのだけれど、ごめんなさいね」

ローザはもうエセルは帰って来ないだろうと確信して、別れの寂しさを実感する。

アルヴィンも同じことを思ったのだろう。落ち込むクレアにいつもの口調で答えた。

「あの子は自由な猫だったのだから、しかたないよ。いつかは別れてしまうのだから」

「そうですね。どこかで無事においしいものを貰えているといいのだけれど……ってアルヴィンさん!? どうして泣いているんです!?」

「え？」

ぽかんとするアルヴィンの両目からは、ほとほとと涙がこぼれていた。

アルヴィンは表面上は変わらなかったが、グレイ領から戻って以降、少しでも感情が揺れる度に突然涙を流すようになっていた。

「よ、要は、感情が急に戻って来たせいで、タガが外れて調整が利かなくなっているということか」

「おそらくね。僕が調整できるようになったら収まるはずだから。もうしばらく騒がしくするよ」

「いや、騒がしい、わけじゃ、ないのだが……」

涙を流したまま微笑むアルヴィンに、セオドアは少々引け腰だった。

青薔薇骨董店に戻り数日経った今日、ローザ達はようやく休みが取れたセオドアをアルヴィンの部屋に招き、グレイ領で起きた出来事を話していたのだ。

テーブルを囲むローザ達は、対面に座るセオドアの反応を待つ。

グレイ領での一件は、他人が聞けば一笑に付すような不思議で荒唐無稽な話だ。それでもセオドアは最初から最後まで真摯に耳を傾けてくれた。

聞き終えた彼は、これ以上ないほど顔をしかめて悩んだあと、うめくように言った。

「とりあえず……酒を一杯いいか。一番強いやつだ」

「はい、お持ちいたしますね」

「そこの棚にあるよ」

アルヴィンに指し示された場所にあるウィスキーを一杯コップに注ぎ、念のため瓶も持って行く。

セオドアは一気に呷ったあと、手酌でもう一杯立て続けに流し込む。

きっとクリフォードだったら一発で倒れてしまうような量を空けても、セオドアは少し頬に赤みが差す程度だ。

感心するローザの前で、セオドアは大きく息を吐くとアルヴィンを見た。

「お前達が、無事に戻って来てなによりだ」

「うん」

「ってまた、泣いてっ」

「君がそこまで狼狽えるのは珍しいね」

「顔と涙を一致させろ！」

アルヴィンは驚きながら泣いていて、セオドアは声を荒らげながらも怒ってはいない。

ローザは微笑ましく感じながら眺める。

アルヴィンの涙が収まった頃、彼はいつもの微笑みでお茶を飲みながら独りごちる。

「僕がこのような有様だから、店を開けるに開けられなくてね。今は人前に出なくていい仕事や資料の整理に専念しているんだ」

「妖精の調査は続けていく気か」

セオドアの問いに、アルヴィンは少し沈黙した。

「わからない。僕はこれからも働いていく必要はあるし、骨董店は軌道に乗っているから当面の収入は困らない。そこで妖精を専門とする必要は特にないのかな、とは思うよ。

……ただ、ね」

そこでローザをちらりと見た。

意図がわからずローザは首をかしげたが、アルヴィンはセオドアに視線を戻す。

「急に様々な事柄への感じ方が変わって、今の僕が、妖精に対してどう感じているかよくわからないんだ。だからそれがわかるまでは、続けていくつもりだよ」

「そうか。まあお前の興味はお前にしかわからんしな。俺としても、このテラスハウスを出て行かなくてすむのは助かる」

セオドアは肩をすくめてみせたが、それだけではないことはわかる。

彼はアルヴィンが前向きに考え、変化を受け入れていることに安堵しているのだ。

ローザも同じだ。少しずつ、アルヴィンが変化に馴染んでいってくれたらいい。それまで平穏に過ごしていければいい。

話も終わりだろうと思ったローザは立ち上がる。

「では、わたしはそろそろ出かけますね」

しかし、傍らのアルヴィンに手を掴まれる。

「行ってしまうのかい？」

眉尻を下げひどく寂しげに、置いて行かれた子犬のような顔をする彼に、ローザはまただと思いつつ、その手に自分の手を重ねる。

「アルヴィンさん、それが『寂しい』ですよ」

「胸の奥がきゅっと、する感じがそうなのか」

アルヴィンが空いた手を胸に当てながら神妙な顔をする。

彼は、ローザに対して様々な行動をとるようになった。甘えてみたり、褒めてみたり、エセルがしていたように、ちょっとだけ意地悪に似たことをしてみたりだ。

ローザの反応を通して、感情の名前や表し方を学んでいるようだ。

「母の墓に植える花を買いに行こうと思ったのですよ。明日、行く約束をしましたよね。そのための準備です」

墓参りはアルヴィンと共にしようと約束していた。

母はルーフェン郊外の共同墓地に眠っており、生活に余裕が出た頃に墓石を建てた。その前に、花を植えようと思ったのだ。共同墓地までは往復するだけでも時間がかかるから、花は今日手に入れておくのが安全だ。ゆっくり母を想って選びたいのもある。

そう説明すると、アルヴィンは一応納得したようだが、じっと上目遣いになる。

「早めに帰って来ておくれよ？」

切々と願う姿にはさすがにローザもちょっぴり照れくさくなってしまう。

セオドアは砂を呑み込んだような顔をしていた。

「……そういうのは俺がいないところでやってくれ」

「え、君がいなくなるのも嫌だな。まだ話したいことあるし」

「そういうことは真顔で言うんじゃない！」

声を荒らげつつも、セオドアは浮かせていた腰を戻してくれる。

なんだかんだ、セオドアは友人思いだとローザは微笑ましくなったのだった。


ローザが去って行ったあと、アルヴィンはセオドアに向き直る。

「セオドア、これはローザに話す前に、君の意見が聞きたいんだ」

「妙な引き止め方をするからなんだと思えば……」

セオドアは大いに肩の力を抜いて、聞く姿勢になる。

グレイ領から帰って来たアルヴィンには世界はひどく騒がしくて、混乱するばかりだ。

現在は感情から心理的に一歩引き、客観視することで平穏を保っており、結果的に以前と変わらないような対応の仕方をしている。

けれど鈍く揺れる心でも、セオドアのこのようなところが好ましいのだろうと感じた。

「グレイ領からの帰り際に、クリフがローザに覚えた既視感について教えてくれたんだ。僕はその話を聞いて妖精についてまだ探求すべきだと感じた」

アルヴィンの記憶力は、妖精の輪の騒動以降も明晰なままだった。

だから、はっきりと覚えている。

「ホーウィック卿（きょう）が、ローザに既視感だと？　一体どこでだ」

「――社交界で」

端的な単語に、セオドアが驚き目を剝（む）く。

社交界に参加しクリフォードの印象に残るほど会話する者など、ごく限られる……それも上流階級（アッパークラス）しかいないと理解したからだろう。

「クリフは、ポーレット公爵……妖精公爵の次期当主の瞳が、青に金粉の舞う瞳をしていたと、言っていたんだ」

　ローザは自分の瞳が妖精の血を引く証（あか）しだとロビンから聞いた、と話してくれた。

　アルヴィンが長年妖精を調査しても知り得なかった特徴だ。その上で目撃情報があったとすれば、双方を結びつけて考えるべきだと思った。

　ローザの母親が持っていた教養。彼女がローザに残した遺言。そしてサラマンダーのロケットのしかけ。

　社交界に縁のある者が父親だとすれば、ほとんどのことが腑（ふ）に落ちる。

　妖精と関わった人間は妖精に執着をするのではなく、妖精と惹（ひ）かれ合（あ）うのだとしたら。

　妖精の血を引くローザもまた、例外ではないはずだ。

　アルヴィンは彼女のためになにができて、なにをすべきなのか。

　考えなければならないのだ。

*

自室で身支度を整えたローザは、最後にロケットを首にかける。

サラマンダーの彫金が施された金色のロケットだ。

かちりと蓋を開けて、今は自分の瞳が映る鏡面を覗き込む。

ここに光を反射させれば、ローザの母ソフィアと、父親と、想像で描かれたローザの肖像画が浮かび上がる。

「お母さんには、どのような花がいいでしょうか」

あまり花を買えない生活だったが、母はとても物知りだった。

植物の知識は、ほとんど母から教わったものだ。

その知識のおかげで、ローザは青薔薇骨董店で働ける。

「お墓参りをしたら、アルヴィンさんを紹介するのです。好きな人ができた、と言ったらどんな顔をするでしょう」

驚くだろうか、喜ぶだろうか。もう、想像することしかできないけれど、ほんのりと楽しみだった。

ローザは悲しくとも、寂しくとも、恋しくとも、前を向いて幸せと喜びを感じて生きていけるから。母には安心してほしかった。

階段を下りて、テラスハウスの玄関から外に出る。

と、ちょうど目の前に立派な馬車が止まるところだった。

馬が二頭繋（つな）がれた箱馬車は、富裕層のものだ。

まさか、青薔薇骨董店に用がある客だろうか？

現状、店はアルヴィンが接客できる状態ではないため休業中だ。

ただ何人かの客からは、ほしい骨董品（こっとうひん）の捜索を依頼されていた。連絡が行き届いていない客が訪ねてきてしまった場合、アルヴィンの代わりに事情を説明しなければならない。

そのような算段をローザが考えている間に、従者が馬車の扉を開ける。

中から出てきたのは、輝くような金髪の青年だった。

クリフォードの金髪が職人によって丁寧に磨き抜かれた黄金の輝きだとしたら、目の前の青年は、春のうららかな日差しのような淡い金髪だった。

年齢はおそらく今のアルヴィンと同じか、あるいは少し若い。二十代半ばだろう。

儚（はかな）く整った容貌はどこか危うさすら感じるほど美しい。

フロックコートとウエストコート、スラックス、かぶった帽子に至るまで、完璧に整えられている。一挙手一投足に気品があふれており、通行人は皆一瞬目を奪われていた。

アルヴィンとはまた別の美しさを持つ青年だ。

まるで、妖精のような。

ローザがそんなことを密かに考えていると、タラップを下りた青年がローザを見た。

その瞳と目が合ったとたん、ローザは背筋がぞくりとする。

彼の瞳が最高級のサファイアのような、鮮やかで深い青だっただけではない。

ローザの瞳をまじまじと覗き込む仕草が、まるでローザのすべてを暴き立てるように感じられたからだ。

今すぐ、この瞳から逃げなければならない気がした。

なのにローザは動けない。なぜか彼に、強烈な引力を感じたからだ。

立ちすくむローザを存分に観察し終えた彼は、蕩けるような笑顔を浮かべた。

まるで、長年生き別れていた恋人に出会ったような喜びの表情だった。

ローザは唐突に母の言葉を思い出した。

『あなたの瞳は、隠さなければだめ』

なにから隠さなければいけないのか、今までわからなかったけれど。

ローザは地面に貼り付くようだった足をようやく動かし、後ずさる。

しかし、いつの間にか近づいていた青年に手を取られるほうが早かった。

「やっと見つけた。私の花嫁」

——自分は、見つかってしまったのだ。

ぱたりと馬車の扉が閉められる。
馬車が走り去ったあとに、ローザの姿はなかった。

お便りはこちらまで

〒一〇二―八一七七
富士見L文庫編集部　気付
道草家守（様）宛
沙月（様）宛

富士見Ｌ文庫

青薔薇（ブルーローズ）アンティークの小公女（しょうこうじょ）4

道草家守（みちくさやもり）

2024年6月15日　初版発行

発行者　山下直久
発　行　株式会社 KADOKAWA
〒102-8177　東京都千代田区富士見2-13-3
電話　0570-002-301（ナビダイヤル）

印刷所　株式会社暁印刷
製本所　本間製本株式会社
装丁者　西村弘美

定価はカバーに表示してあります。　◇◇◇

●お問い合わせ
https://www.kadokawa.co.jp/（「お問い合わせ」へお進みください）
※内容によっては、お答えできない場合があります。
※サポートは日本国内のみとさせていただきます。
※Japanese text only

ISBN 978-4-04-075135-1 C0193